Toulouse - Abu Dhabi, année 2015

à Charlie et tous les autres…

Photo de couverture : © Pierre Clezac, 2011.
Désert de l'Empty Quarter, Liwa, Émirats Arabes Unis

Pamphlet 2.0

Tous les personnages de cette histoire existent.
Vous pouvez facilement les contacter sur les
réseaux sociaux. Seuls les noms de celles et ceux
qui ont une vie politique intense aujourd'hui ont
été modifiés. Quelques libertés sur la temporalité
des faits ont également été prises…

L'auteur

Pamphlet 2.0

Chapitre 1

Englouti dans mon costume gris souris, je n'ai qu'une envie : ôter cette cravate sombre avec son nœud, trop serré par la vendeuse ce matin. Chose faite, je l'envoie d'un geste rageur dans le bassin devant moi. Un couple de japonais m'observe furtivement, l'air étonné. Une profonde inspiration, un dernier regard sur le morceau d'étoffe à l'élégance inutile et je reprends enfin mes esprits et mon souffle.

En automne, les jardins du Luxembourg sont magnifiques et les promeneurs nombreux. Les feuilles multicolores organisent une danse facétieuse pour peu que le vent s'agace un peu. Mais stop ! Je ne suis pas arrivé là en flânant ni pour m'abandonner à la rêverie.

Je sors du bâtiment qui abritait autrefois l'école coloniale, à deux pas d'ici, rue de l'Observatoire. La demeure au style néo-mauresque est superbe, un vestige flamboyant de la IIIe République. Avec la décolonisation, l'école et sa mission ont disparu. Enfin presque… Aujourd'hui, les murs accueillent l'un des services du Premier ministre : l'école nationale d'administration. Un panneau à l'entrée indique « ENA » encadré d'un discret liseré bleu blanc rouge. Trois lettres comme une évidence.

Et moi ?

Je viens juste de subir ce qu'on a coutume d'appeler le "grand oral", dernière étape incontournable pour intégrer la prestigieuse école. Ce n'est pas ce qu'on croit. Après une longue attente à bord d'un confortable fauteuil gris dans une pièce tranquille, une aimable dame aux cheveux de la même couleur m'appelle :

- Pierre Saintrailles ? Vous êtes attendu ! lance-t-elle cérémonieusement pour rompre le silence et me faire sursauter.

J'abandonne sans regret la compagnie pleine de mutisme des autres candidats pour la salle d'examen. Au début de l'épreuve, tout se passe très bien. Je parle avec enthousiasme de mon goût des autres. Précisons que j'ai méticuleusement travaillé mes accents de sincérité. À l'heure de la communication, pardon, je veux dire de la com', il faut savoir jouer du violon avec ses cordes vocales. Ma voix est bien ajustée, claire, plutôt belle à entendre. Je n'éprouve pas de difficultés particulières pour répondre aux questions qui s'enchaînent : Qu'est-ce que le service public ? L'État peut-il disparaître ? Faut-il investir encore et toujours plus dans l'éducation ?

Je ne sais plus à quel moment, une étrange sensation vient me troubler. Jusqu'alors, je m'écoutais parler, satisfait de mes phrases soigneusement choisies pour plaire au jury. Je m'aimais bien et mon discours était vendeur. Le temps d'une respiration, peut-être un signe involontaire d'un examinateur attestant de son ennui : mes éléments de langages s'évaporent.

À présent, l'absence répétée de réponses authentiques provoque une sorte de malaise en moi et surtout de l'agacement. Mon ronronnement faussement intelligent ne cache plus la misère de mes propos. J'essaye pourtant encore de convaincre le jury par quelques réponses peu intrépides de la même veine.

Mes doigts posés sur la table se serrent de plus en plus, comme si mon corps livrait bataille contre ma parole. Dans mon dos, je sens le public, impatient d'entendre ma première hésitation, un premier silence ou la fausse note qui permettra enfin d'alimenter quelques discussions sur les bancs de Sciences Po le lendemain.

Face à moi, les cinq examinateurs paraissent très attentifs. Oh surprise ! Pas de petit chef imbu qui pérore. Aucun ne souhaite profiter de cette situation facile pour écraser un peu plus le candidat blafard de stress que je suis. Un jury de gens brillants qui n'éprouvent pas le besoin constant de bomber le torse pour garder leur équilibre psychique.

Je dois admettre que ce n'est pas l'idée que je me faisais des hauts responsables de l'administration avant de venir ici. Je ne voyais guère qu'austères ribambelles de chefaillons, avides d'imposer leur nuisible petit pouvoir à la multitude désorganisée des fonctionnaires, tous petits aussi, répétant sans cesse : "étage 4, 2e couloir à gauche, porte 201, bureau gris, mais revenez demain, ce sera mieux..."

Maintenant, mes réponses deviennent franchement insupportables. Je ne m'aime plus du tout ! Ma petite chronique est bien minable.

La présidente de jury me demande alors ce que les nouvelles technologies pourraient apporter aux administrations. Le ton de ma voix se fait plus brutal, les violons laissant place à je ne sais quels tambours :

   - Les nouvelles technologies sont des outils intéressants dans l'optique de régénérer la démocratie.

Aïe, qu'est-ce que je raconte là ? Retour en arrière impossible, va au bout de ton raisonnement, me dis-je :

   - En France, le suffrage universel, principe d'expression de la volonté populaire, est censé fonder la souveraineté du peuple et permettre un régime démocratique. Pourtant, chaque élection est un nouveau naufrage tant la proportion de gens qui n'expriment pas leur choix est gigantesque. Organiser un scrutin par Internet permettrait d'augmenter le nombre de votants et de faire émerger un candidat meilleur, car plus représentatif.

- La fameuse maxime du gouvernement du peuple par le peuple, pour le peuple ? questionne l'un des membres du jury. Très bien, mais n'est-il pas naïf, voire dangereux, de considérer automatiquement le progrès technologique comme un progrès pour l'homme ? poursuit-il.

- Avez-vous lu *1984* de Georges Orwell ? continue la présidente de jury.

- Je l'ai lu et je veux croire dans l'avenir contre le cynisme d'Orwell. Je pense qu'il est très facile de s'enraciner dans les conservatismes et de brandir la menace du risque technologique pour maintenir le statu quo. Le progrès n'est dangereux que dans les mains des gens dangereux et le péril ne vient pas d'un peuple véritablement souverain.

- Peut-être… mais je vois que nous sommes déjà parvenus au terme de notre entretien. Dommage, ajoute la présidente du jury, abandonnant à regret la pendule pour fixer ses yeux au fond des miens.

Quelle poisse ! Terminer par ces slogans puérils.
Au point où j'en étais, j'aurais au moins pu les mettre en balance avec ces mots de Pierre Desproges : "*La sagesse populaire, on connaît. C'est elle qui a élu Hitler en 33*".

Je me lève, les jambes chancelantes. Je ne me souviens pas très bien comment, je quitte les lieux, avec juste un vague souvenir de photos de classes accrochées sur un mur dans un couloir, quelques têtes connues, certainement les promotions précédentes de l'ENA.

Je me retrouve alors dans les jardins du Luxembourg, offrant un spectacle pitoyable à ce couple de japonais qui a probablement fait des milliers de kilomètres dans l'espoir de voir mieux...
Je fais encore quelques mètres pour me retrouver rue de Vaugirard, devant l'entrée du Sénat.

- Non monsieur. Plus de place pour assister aux séances. Revenez un autre jour ou regardez sur Internet, me serine une hideuse petite dame à l'accueil, un œil sur son smartphone.

Pas très grave de manquer la séance des parlementaires du Palais Bourbon : mon temps de cerveau disponible pour réfléchir aujourd'hui est consommé. J'ai surtout besoin de repos. Et puis, sauf ordre du jour exceptionnel, je trouve les débats des sénateurs ennuyeux. En revanche, j'avais promis ce matin à Claire de la retrouver à l'intérieur. Je suis déçu d'être planté là, impatient. Je voudrais lui parler tout de suite.

Comme il faut attendre un peu, j'opère avec nonchalance un repli sur le bar qui fait l'angle de la rue. Ambiance chaîne TV d'information à tue-tête :

- "... inquiétudes à l'Élysée. Les urines du Président sont bleues ! Dans un instant le Docteur Carrière, invité de la rédaction, nous expliquera en détail ce que cela signifie..."

Quatre personnes attablées derrière moi s'esclaffent avec des réflexions du genre :

- Trop de curaçao dans ses biberons !
- Fleur bleue, comme sa femme... Il pourra l'arroser tous les matins !
- Sa femme, laquelle ?

L'œil aussi vitreux que l'écran qu'il observe, le serveur accoudé derrière son comptoir ne peut s'empêcher un commentaire de la plus grande élégance... Puis il monte le son.

- "... Docteur Carrière, merci d'avoir rejoint notre plateau. Que pouvez-vous nous dire à l'heure actuelle de l'état de santé du Président François de Mouillefarine ?
- Et bien, j'aimerais être optimiste... Malheureusement, la symptomatologie du Président ne fait guère de doute. Il est atteint d'une porphyrie intermittente aiguë. La couleur bleue de ses urines doit d'ailleurs s'accompagner de troubles visuels et de sudations intenses. Mais, ce n'est rien à côté de l'encéphalopathie qui le guette : insomnie, excitation et dans quelques mois, des longues phases de délire...
En d'autres termes, François de Mouillefarine est atteint d'un mal incurable.
- Pensez-vous qu'il puisse encore assumer le mandat que lui ont confié les Français ?
- À l'évidence, il va connaître des moments de parfaite lucidité alternant avec des accès de folie. Dans ces conditions, son entourage jouera un rôle essentiel mais d'un point de vue médical, il ne pourra exercer ses prérogatives comme si de rien n'était".

Les quatre convives derrière moi sont désormais muets, leurs têtes clouées au poste. Ébahi lui aussi, le serveur s'est assis sous la télé, le torchon autour du cou. On dirait la fin d'un match de boxe, les combattants et l'arbitre épuisés, le public satisfait, avachi.

Le gag n'en est pas un.

De l'autre côté du trottoir, Claire me fait un petit signe de la main avant de traverser pour me rejoindre. Elle est si jolie qu'un gros monsieur à côté de moi semble espérer un instant qu'elle vienne s'installer à sa table.
Pas encore assise, elle enlève son écharpe en me disant :

> - Coup de tonnerre au Sénat, on ne sait pas trop pourquoi, mais les deux dernières questions d'actualité ont évoqué les procédures institutionnelles en cas de vacance du pouvoir. Notre bellâtre de Président aurait des ennuis. Probablement un gros retour de flammes concernant le financement de sa dernière campagne.
> - Ou peut-être la couleur bleue de ses urines !
> - Quoi ?

Je lui explique ce que les informations viennent de révéler.

> - Sidérant, dit-elle. Pas que Mouillefarine soit fou. Tous les présidents le sont. Ce qui me

dépasse, c'est que la télé défait un Président en quelques secondes, sur une information relative à sa santé, quand mille autres, concernant son action politique auraient dû mener à pareille conclusion.

- Ne vends pas trop vite la peau de l'ours. Crois-moi Claire, ce renard et sa bande ne vont sûrement pas lâcher prise comme ça. Et puis, on avait pris l'habitude de pas l'aimer mais ça va peut-être changer la donne, non ?

- Et toi, raconte-moi plutôt ton grand oral.

- Pour résumer, j'ai craqué dans les cinq dernières minutes avec une démonstration puérile sur Internet, l'outil démocratique de demain. Navrant et irréversible...

- Pas pour cette année ?

- Non, c'est fichu. Je m'en veux vraiment. En même temps, je me suis disqualifié quand j'ai vraiment dit ce que je pensais. Je ne suis pas certain d'avoir des regrets. Parlons d'autre chose. Tu penses que l'entourage du Président va laisser filer le pouvoir ?

- On le saura dans très peu de temps. Les premières réactions à cette annonce devraient suffire à nous le dire. Pour une fois, le JT de ce soir s'annonce passionnant.

- Claire, tu n'oublies pas qu'on va chez Imed et Caro ?

- Non. Je vais même les appeler tout de suite. Je leur propose une soirée spéciale "présidentielle". Allo, Caro ? Tu as entendu les infos ? Qu'est-ce que tu penses d'une soirée présidentielle ? Chacun d'entre-nous pourrait présenter sa candidature aux élections suite à la douloureuse maladie de notre bien aimé Mouillefarine ?

- Génial. Je transmets aux autres, on va bien s'amuser.

À peine a-t-elle raccroché, Claire me dit d'une voix chantante :

- Pierre ! Prépare ton discours !
Et pas la cuvée Delors 1994 avec les trémolos dans la voix pour dire que "*Les conditions ne te paraissent pas réunies pour la mise en œuvre de la politique que tu crois nécessaire pour la France...*" ni du Jospin 2002 façon "*J'ai décidé de me retirer de la vie politique*".
Fais-nous un vrai beau discours, ni centre mou, ni gauche improbable, termine-t-elle, le visage éclairé de son irrésistible sourire.
- Claire, je suis un peu vidé là. On écoutera les autres, ce sera déjà pas mal. Chloé, Imed et Berlu devraient faire des merveilles.
- Allez, s'il te plaît...
- Écoute, je ne prépare rien et on verra bien. On mange quelque chose avant d'aller chez eux ?

Chapitre 2

Imed et Caroline forment un couple charmant.
En plus d'être un héritage providentiel, leur appartement présente un double avantage : spacieux et au cœur de Paris. Aussi, avons-nous l'habitude de nous retrouver chez eux, une ou deux fois par semaine, pour des soirées plus ou moins bruyantes. Caroline est une maman rayonnante qui profite de ses derniers jours de congé de maternité. Ensuite, elle reprendra son métier : professeur des écoles. Un sacerdoce mais quoi de plus beau que de voir chaque année s'épanouir trente petites têtes ? Tout apprendre à des générations de jeunes endiablés, le rêve... À contre-courant, elle affiche un enthousiasme jamais entamé. Peut-être quand même qu'un jour elle se consacrera entièrement à sa passion pour le théâtre.

Nous arrivons quasiment les derniers. Claire disparaît immédiatement en cuisine, là où tout se passe. Elle peut y rester des heures à discuter avec ses meilleures copines. Son oreille attentive et toujours amicale est très appréciée.

Une sorte de ronronnement anime la pièce principale, addition des multiples conversations. Nous devons être treize ou quatorze, je crois.
Autour du canapé, les bouteilles et les verres au sol font la farandole entre quelques chaises dépareillées. Le cœur est à la fête. Le Président Mouillefarine n'est guère apprécié ici.

D'un ton faussement solennel, Imed claironne :

- Je déclare la soirée d'investiture à l'élection présidentielle ouverte.

Abandonnant à regret la cuisine, Claire et Caroline proposent immédiatement de se désigner greffières de séance, afin de "travailler en toute transparence". Habile stratégie pour se soustraire au jeu des discours, me dis-je.
J'éviterais aussi volontiers l'exercice de style prévu, non qu'il me déplaise en temps normal mais je n'ai pas encore encaissé ma prestation manquée de fin d'après-midi. Dans l'espoir de justifier mon forfait dans cette compétition de tirades improvisées, je propose mes services pour toutes les corvées habituelles (ranger les bouteilles, nettoyer la cuisine et bien sûr ramener Berlu chez lui, puisque traditionnellement celui-ci finit la soirée ivre). Mes offres ne font pas écho.

Imed commence. Nous formons un cercle, lui debout, nous assis, verres à la main.

- … sans animosité envers quiconque, charitable, et sûr de mon droit… mettons-nous à l'œuvre pour panser les blessures de notre nation, pour porter soin à ceux qui souffrent… Mes chers compatriotes, je compte sur vous.
- Bouh ! Et de un ! s'exclame Berlu, toujours prompt à se faire remarquer.
- Un quoi, demande Imed ?
- Un sémillant leader qui veut du pouvoir parce

qu'il aime ça et qui bouffera tout cru les petites gens. Garde ta mauvaise bouillie réchauffée cent fois. T'es pas crédible et question sincérité je t'en parle même pas.

- Méfie-toi Berlu, j'ai prévu un programme de rééducation mentale pour les agités comme toi et il commence le soir même de mon élection, interrompt Imed, l'œil rieur.

- À qui le tour d'irradier la foule en délire ?

- Allez Inès, jette-toi dans l'arène !

Inès, c'est notre Arlette mélanchonnée à nous, lunettes rondes en plus, la gauche de la gauche. Révoltée permanente, un peu agressive parfois, elle est secrétaire de rédaction pour *Le Patriote*, une feuille de choux locale qui parait dans le 14e arrondissement, dès qu'un peu d'argent résonne dans les caisses pour payer l'imprimeur. Ni quotidien, ni hebdo ou mensuel, c'est le journal inattendu : il peut se passer des mois sans rien voir venir et puis un jour, voilà le nouveau numéro tant espéré. Inès donne aussi quelques cours de français pour payer sa chambre avec vue sur les rails du RER de l'arrêt Nanterre Université.

- Éclaire notre sentier, lumineuse guérillera, ajoute Berlu, toujours provocateur, jamais méchant.

Inès, très scolaire, très 20e siècle, toute raide, se lance de sa voix monocorde dans l'aventure. Pour une fois, chacun prête au moins une de ses deux oreilles à son discours un peu pâteux et surtout trop entendu :

- Je suis devant vous aujourd'hui parce que ma candidature incarne une France qui ne renonce ni à ses valeurs sociales ni à ses ambitions démocratiques, une France en mouvement, ouverte et créative, soucieuse du sort des travailleurs et opposée à l'oligarchie financière. Je m'engage à ouvrir le chantier d'une rénovation profonde de nos institutions, mettant fin à l'abus de pouvoir présidentiel et restaurant la démocratie parlementaire. Mon élection sera un signe fort en direction des femmes...

- Arrête, j'en ai les larmes aux yeux ! s'écrie Maxence. Tu penses vraiment qu'en supprimant le système présidentiel, tu vas résoudre les problèmes des gens ?

Mou et drôle au naturel, Maxence est le centriste du groupe : un peu d'accord avec tout le monde, un peu aussi pas d'accord, mais pas trop quand même pour ne heurter personne. Son créneau : les grandes causes. Je dis : "Non au cancer. Non au nucléaire. Non aux famines. Non au réchauffement de la terre et aux dérives sectaires. Non aux accidents de la route et aux défaites de l'équipe de France de foot..."
Notre pourfendeur des pires maux de la société fluctue beaucoup dans ses engagements. Tout un programme. Le centre ? Il s'impose, selon lui, parce que la gauche peut faire rêver (et encore) mais après c'est foutu, archi foutu, et que la droite est capable de changer les choses, de réformer, mais toujours avec une paille dans l'œil, voire une dans chaque... bref, d'enchaîner conneries sur conneries.

Les images du Président Mouillefarine commencent à défiler sur l'écran du journal télévisé. Imed monte le son. Une nuée de journalistes apparaît à l'écran, tous prêts à se ruer sur le Président qui s'engouffre lentement à l'arrière d'une berline noire.

Après avoir plus ou moins forcé son mari à s'asseoir, la femme du Président se tourne vers la meute de caméras et de micros.

- Mickaël Jackson est ressuscité ? plaisante Maxence en voyant ce visage à la plastique figée.

Après avoir feint de pénétrer dans la voiture présidentielle, Pénélope Botosque se retourne, lunettes de soleil vissées sur son visage de poupée gonflable et annonce : "La France va devoir affronter une difficile épreuve. J'appelle tous nos concitoyens à se mobiliser autour de mon mari et moi pour assurer la continuité de l'État. Il faut faire barrage à tous ceux qui veulent profiter de l'occasion pour se saisir abusivement du pouvoir. Je vous remercie".

- Pour entendre ça Imed, tu peux éteindre ta télé, soupire Inès.
- Ah, Ah ! Les grands communicants de l'Élysée ont donc envoyé la Botosque pour répondre aux inquiétudes des Français, déclame Berlu se faisant théâtral.
- Plus que ça, je crois qu'elle nous propose de remplacer son mari, au pied levé ! Quel talent, ajoute Imed. Maintenant, au tour du poète Berlu de palabrer ?

- Moi, mon programme tient en trois accords et quelques paroles, chante Berlu qui a pris sa guitare et coupe court aux échanges verbaux.

Il fredonne doucement :

C'est quand le bonheur ?

C'est quand le bonheur ?

C'est quand le bonheur ?

Puis, davantage crispé sur le manche de sa guitare, il entonne plus fort une autre mélodie entrecoupée de quelques paroles :

… et dans 150 ans, on s'en souviendra plus…

- Berlu, tes trucs yéyé sont dépassés, intervient Imed. Tu devrais plutôt nous faire dans l'*Antisocial tu perds ton sang-froid*, au moins tu hypnotiserais les foules.
- Yéyé ? interroge Berlu un peu vexé. Désolé les amis, je ne mets même pas un petit doigt dans l'engrenage de votre jeu. Ma musique fait la nique aux politiques. Mon éthique s'arrête à ma rythmique et je n'aime pas ces types pleins de tics aux costumes trop chics. On dirait ces footballeurs gominés en conférence de presse inutile d'après match.

Chloé, qui n'a encore rien dit - ce qui est rare - intervient pour affirmer tout le bien qu'elle pense de la chanson de Berlu. Ayant capté l'attention, elle poursuit :

- Je ne comprends rien aux chansons politiques, d'ailleurs, quelqu'un peut m'expliquer ce qu'il veut dire notre chanteur national Ronny Alité quand il dit :

Quel est ce pays

Où frappe la nuit

La loi du plus fort

Diego, libre dans sa tête...

Chloé travaille dans un salon de coiffure du 6ᵉ arrondissement. Elle était dans la classe de Claire au collège. Deux bonnes copines au profil scolaire si différent... Sa simplicité et sa gentillesse nous conduisent tous à l'aimer. Et aussi à lui pardonner de toujours dire à voix haute ce qui lui passe par la tête, comme une enfant de trois ans. Le verbe vif, coupant la parole incessamment sans la moindre gêne, elle s'aperçoit généralement dès la fin de sa première phrase qu'elle a dit une énormité. Plutôt que de se taire, elle reprend pour cinq minutes de discours ininterrompu, histoire d'essayer de faire oublier les inepties par lesquelles elle a commencé. Ça marche assez bien, le flot de ses paroles saoule. Dans ses grands jours de verve, se faire couper les cheveux chez elle doit être pur enfer.

- Chloé, dit Maxence, la chanson que tu fredonnais, elle n'est pas très politique tu sais…
- Ah bon ?

Plusieurs discours se succèdent. Noa, par exemple, semble beaucoup réfléchir et parle avec lenteur, comme pour peser chaque mot, sans pour autant convaincre.
La soirée avance tranquillement quand j'ai la mauvaise idée de renverser le bol de guacamole. Qui l'a mis sur le trajet de mon coude ? Je ne sais pas, mais l'attention se focalise sur moi et bientôt, chacun se met à réclamer mon intervention.

- Ne te fais plus prier et dépêche-toi, insiste Caroline. Promis, on fait la bronca si tu ne parles pas et tu auras la mauvaise humeur des voisins sur ta conscience.

Berlu propose une tournée générale pour me donner du courage. Irrésistible. Deux traits de mousse de cidre pour moustache, je me lève en déclamant…

- Nous sommes rassemblés ce jour au chevet d'un malade. Ce malade qui nous inquiète tant n'est pas le Président Mouillefarine. Bien plus grave que le délabrement accéléré des urines du suprême autocrate, je vous parle de notre système politique. Les valeurs que nous devons défendre ? Nous avons déjà passé des heures à en discuter et les précédents discours en font une synthèse impeccable. En revanche, leur mise en œuvre fait défaut. Pas de discours donc…

- Pierre ! Joue le jeu.

Quelques secondes passent, du moins me semble-t-il.

J'éprouve à peu près le même sentiment que le jour où la mère de Claire m'a déclaré que mon numéro de portable était l'un des trois qu'elle avait choisi en appels illimités : je suis sans voix et sans idée. "Comme ça, je pourrai vous appeler autant que je veux mon chou", avait-elle ajouté débordante d'enthousiasme…

Finalement, je retrouve mes esprits et me prête à la distraction :

- Ce qui importe aujourd'hui est de changer le mode d'élection pour changer la politique. Avoir un nouveau Président ne doit pas seulement être une mise à jour du pouvoir. Pour utiliser un langage approprié à la situation, je pense qu'il faut changer de logiciel…

Chers amis, ce n'est donc pas en candidat que je me présente à vous aujourd'hui. Je cherche simplement à provoquer une nouvelle aventure démocratique. Elle repose sur plusieurs constats que je résumerais ainsi :

1 - La place de la France à l'échelle planétaire s'amenuise.

2 - Le suffrage universel a été accaparé par une génération vieillissante et sclérosée,

celle-là même dont le futur importe le moins puisque, par définition, son avenir est le plus court.

3 - Internet est devenu le système nerveux de notre société.

Il nous faut donc initier des élections présidentielles d'un nouveau genre. Un pas doit être franchi. Apparemment technique, la question du mode de scrutin est en fait éminemment politique.

Je propose donc un scrutin à trois tours par Internet.

Au premier tour, chaque français pourra exprimer une voix pour la personne de son choix : son voisin, sa sœur, son collègue ou la jolie boulangère… Tout individu habitant sur le sol français pourra être désigné.

Pour le deuxième tour, les mille mieux classés du premier resteront en compétition et auront la possibilité de se faire connaître et de faire connaître leur programme… s'ils en ont un et s'ils le désirent.

Enfin, le troisième tour sera un scrutin planétaire, ouvert aux 20 meilleurs du tour précédent. Les étrangers qui souhaiteront voter le pourront. Leur choix comptera pour 1/3 tandis que celui des Français représentera 2/3. Eh oui ! Le monde est un jardin. Pas question de se recroqueviller.

Un nouveau paysage politique pourra alors se dessiner. Fait de curiosités, ses contours apparaîtront petit à petit comme un chemin s'ouvre devant soi quand on l'emprunte la première fois. Pourquoi pas, sur le modèle islandais, initier une assemblée constituante d'internautes ?

Je baisse alors le ton de ma voix pour indiquer que mon discours est terminé. Berlu me demande :

- Tu es sérieux ? Une Star'Academy présidentielle ?
- Pourquoi, d'habitude, il en va autrement ? lui dis-je.

Sans que je puisse répondre davantage, Inès prend alors la parole pour dire tout le bien qu'elle pense de cette forme de désignation d'un nouveau Président. Imed, qui vient de se faire licencier de son entreprise d'informatique, bondit d'un air joyeux par-dessus le canapé pour attraper son ordinateur.
Après avoir brillamment obtenu un diplôme d'ingénieur en sécurité et technologie de l'information, il n'a pu résister aux sirènes d'une agence de com'. Grassement payé mais pas du tout en phase avec son travail, il a fini par trouver un accord pour se faire licencier moyennant de très belles indemnités.

- Les affaires reprennent, dit-il. Je monte un blog et un site pour organiser le plébiscite. Une semaine pour candidater, c'est suffisant ? Pierre, qu'en penses-tu ?

- Euh… Je crois que c'est mon deuxième discours minable de la journée. Je veux bien un peu plus de cidre.

Inès reprend la parole, décidément plus bavarde en une soirée que pendant toutes les précédentes de l'année accumulées :

- Prévois plutôt trois semaines pour informer, une semaine pour voter, une semaine pour le second tour et encore une pour le dernier.
- Ça nous fait un nouveau Président dans environ six semaines, décompte Caroline. Pas mal non ?
- Un peu plus car le décompte pourra seulement commencer lorsque Imed aura mis en ligne le portail Internet de l'élection, précise Maxence.

Avec Ludo, arrivé depuis quelques minutes, nous sommes maintenant quinze et je crois que je suis le seul à ne rien dire. J'ai lancé presque au hasard quelques mots et voilà que tous ajoutent des propositions tandis que nos deux greffières improvisées notent l'essentiel.
Les échanges fusent. Même Ludo qui n'a pas trop analysé la situation trouve son mot à dire. Savoir parler pour un prof de gym, je veux dire de sport, enfin plutôt d'éducation physique et sportive, c'est plutôt rare. Et Ludo qui excelle en escalade, tennis et rugby n'est pas ridicule lorsqu'il s'exprime.
Si l'on peut dire, une météorite dans sa profession…

- Comment va-ton appeler l'élection ?

- Plébiscite ? propose Inès.

- Les Bonaparte sont de retour ! Il faudrait un autre terme, se risque Noa.

- Mais non. La plèbe représente historiquement la population qui s'oppose à l'organisation oligarchique de la cité romaine. Aujourd'hui, la voilà qui refuse l'arbitraire d'une constitution devenue obsolète, reprend Inès.

- Quand tu dis obsolète, tu es encore très obséquieuse, renchérit Claire.

- Tu as raison. La situation actuelle ne mérite plus de respect, pas même dans les mots...

- L'un d'entre nous candidate, pour vivre l'expérience du dedans ?

- T'as vraiment rien compris Ludo. Pas la peine de se présenter pour être désigné, reprend sèchement Inès, apparemment déçue que ses élucubrations ne trouvent pas d'écho.

À cet instant, je voudrais exprimer mon scepticisme, dire que je n'étais pas sérieux, que la farce m'animait et pas la force ni l'astuce d'un Jedi. Personne ne m'écoute.

Imed s'est confortablement installé à côté de moi et pose de temps à autre des questions, sans relever la tête. Elles varient, de la couleur du fond d'écran au logo du plébiscite jusqu'aux modalités précises de l'élection.

- Le plus compliqué sera de s'assurer de la validité du scrutin. Un vote par personne, il va falloir être inventif pour contrôler ! Mais ça peut se faire, lance Imed euphorique.

Inès propose alors de se répartir les tâches :

- Qui s'occupe du vote international du troisième tour ?

C'est le moment que je choisis pour m'assoupir sur le canapé sans participer davantage à notre stimulante soirée "gag présidentiel". Claire me caresse peut-être la tempe depuis des heures ou depuis cinq minutes, ma tête sur son genou, quand elle me dit :

- Pierre, on y va. Il faut déposer Berlu en rentrant.
- Ah bon ?

J'ouvre les yeux, me lève et secoue mes poches dans lesquelles cliquettent les clés de notre voiture. Je les donne à Claire, sans un mot - trop fatigué - et je shoote gentiment dans le postérieur de Berlu pour qu'il se remue. Comme d'habitude, il me faut le prendre à bras le corps jusqu'à notre vieux carrosse que Claire est allée récupérer. Épuisant et interminable. Quel boulet. C'est quand même un monde ça. On vient à pied mais il faut aller chercher la voiture à plus d'un kilomètre à chaque fois pour ramener Monsieur j'ai trop bu !

Chapitre 3

Le son nasillard de la radio me sort d'un dernier rêve, plutôt agité à ce qu'il m'en souvient.

- Allez, lève-toi ! Ce soir tu es en week-end, heureux professeur qui va faire une jolie leçon d'histoire à ses gentils petits élèves.
- Claire… Non. C'est un coup bas. Me réveiller pour me dire d'aller au travail…

Je me retourne pour profiter encore quelques secondes de mon oreiller mais il faut me rendre à l'évidence : je n'ai pas encore intégré l'ENA et je dois donc me presser d'aller prendre le RER. L'idée de rejoindre mon charmant lycée de banlieue ne génère pas en moi une grande aspiration.
On dit beaucoup de bien de ce genre d'établissement quand on habite au cœur de Paris. La solidarité entre les enseignants est poignante. Plus que partout ailleurs, les projets sont pragmatiques et l'expérience pédagogique vécue très forte aussi. Il suffit d'aller au cinéma pour voir que ce sont les classes difficiles qui nous révèlent à nous même, qui nous poussent dans nos derniers retranchements pour extraire de notre gangue professorale tout notre talent didactique…
Pourtant, en salle des professeurs, une grande majorité de collègues échafaude mille stratégies pour quitter le navire. D'autres ne semblent plus vivre que pendant leurs vacances. Deux ou trois s'affirment authentiquement bien dans leur travail, ce qui laisse présager chez eux quelques déséquilibres intérieurs. Enfin, une kyrielle de nouveaux, dont je fais partie,

remplaçants précaires en tous genres, arrivent presque chaque matin pour subvenir à l'inflation incontrôlable de congés maladie.

Je n'ai pas vraiment fait Sciences Po pour m'occuper de gamins braillards de quinze ans qui ne voient pas à quoi sert l'école. Les autres collègues non plus d'ailleurs. L'expérience, fatigante, n'est pas dénuée de sens, à condition qu'elle reste brève…

Deux heures plus tard donc, j'essaie tant bien que mal de récupérer mes élèves disséminés dans la cour. Quelques hurlements, bousculades, charges ou esquives et je parviens à ma salle de classe tandis que mes élèves s'asseyent dans leur chahut habituel.

L'un d'eux me demande ce que va devenir Pissebleu (le nouveau surnom du Président Mouillefarine) et ajoute :

> - M'sieur, c'est normal que sa femme vienne à la télé pour dire que tout le monde doit faire des efforts et tout et tout ?

La classe de seconde que j'ai devant moi présente cet avantage que personne ne trouve à redire si le programme n'est pas bouclé ou si j'écorche (sans faire exprès bien sûr) quelques honorables sommités du personnel politique français. Du moment qu'il n'y a pas de rapport ni de conseil de discipline, vogue là où tu peux.

> - Et bien, en tant que professeur d'histoire, je te réponds qu'il revient au Président du Sénat d'assurer la continuité de l'État en France, lorsque le Président de la République ne peut

plus assumer ses fonctions. La prestation de Pénélope Botosque est tout à fait déplacée du point de vue des institutions. Elle semble vouloir s'arroger un pouvoir que personne ne lui a confié. En cas de problème, le Président a un remplaçant prévu par la Constitution, et bien sûr, ce n'est pas sa femme.

Les questions simultanées me submergent :

- C'est quoi s'arroger monsieur ?
- Mais la France, le bouquin d'histoire la met dans les démocraties, non ?
- Les pays sous-développés ont toujours un Président, pas vrai monsieur ? Moi dans mon pays…
- Le Président Mouillefarine quand il s'est fait élire, il voulait juste un yacht et un avion avec jacuzzi gratuits rien que pour lui. Mais sa femme, elle cherche quoi dans tout ça ?
- Réfléchis ! Elle aime aussi l'argent et le pouvoir. Maintenant, sûrement qu'elle va se chercher une autre niche à fric avant d'être vraiment trop vieille et trop moche, la girouette.

Après ces échanges profonds entre élèves, je parviens à reprendre momentanément le contrôle des événements. Le cours continue sur un jeu de questions - réponses. Les mômes sont très intéressés par ce qui se passe. Il faut dire que le couple Mouillefarine - Botosque fait très fort. D'abord les urines bleues de monsieur, ensuite une intervention télévisée hystérique pour madame qui réclame ni plus ni moins que le peuple de France accepte qu'elle prenne la place de son mari (ce qui atteste donc du piteux état de monsieur mais aussi de celui des institutions).

Dans le RER bondé du retour, je me dis que décidément la France a toujours un mauvais coup d'avance. Ailleurs, les dictatures flanchent et le changement va plutôt vers l'amélioration. Mais en France, la femme du Président veut prendre les rênes du pouvoir. On pourrait se réjouir de ce grand pas vers la parité en politique... Pas là.

Un pauvre hère tend sa main devant moi, espérant récupérer quelque obole, sans conviction. Je repense aux discours de la veille, finalement, c'était une bonne soirée.

Mon téléphone sonne.

- Pierre ?
- Oui…
- Tu passes vers quelle heure ?
- Euh, je ne sais pas, je retrouve Claire toute à l'heure, on a prévu d'aller au cinéma voir…
- Eh ! N'oublie pas que tu dois me donner la page de présentation du projet pour que je la mette en ligne au plus vite. Pense aussi à ton carnet d'adresses.
- J'ai rien préparé, on remet à demain ?
- Non, passe ce soir, même un peu plus tard. Inès sera là et peut-être aussi Maxence. On doit travailler ensemble.
- D'accord, à ce soir…
- Super, Pierre, on va pouvoir avancer.

Je range mon téléphone. Comment mes propos farfelus de la veille ont-ils pu être pris au premier degré ? J'avais en tête les gags façon émission télé "La Belgique a fait sécession". Non seulement notre bande de trublions d'hier soir paraît avoir aimé mais aujourd'hui, personne n'a oublié.

On va donc passer le week-end à refaire le monde. Pourquoi pas, après tout. J'ai le temps, plus de révisions pour préparer l'ENA, ni de copies à corriger.

Claire est déjà rentrée. Assise face à la baie vitrée, je la devine en train de regarder son écran de smartphone, absorbée. Sans se retourner, elle lance :

- Incroyable ! Les spécialistes prédisent que le trafic sur Internet sera bientôt davantage lié aux réseaux sociaux qu'aux requêtes sur les moteurs de recherche. Tu te rends compte ?

- Euh, non pas vraiment. Je vais prendre une bonne douche. On va toujours au cinéma ?

- Je préférerais qu'on aille chez Imed et Caro pour préparer la Campagne 2.0, me répond Claire.

- Campagne 2.0 ?

- Quand on parle de Web 2.0, on évoque les récentes évolutions qui permettent aux internautes d'interagir, de s'exprimer, de partager. Tu te souviens de ton premier ordinateur et de tout ce qu'il fallait programmer pour lui faire faire pas grand-chose…

Maintenant avec toutes les interfaces entre l'informatique dure, les sites et les réseaux sociaux, un non initié comme toi peut produire

des miracles avec son ordinateur. Ton discours d'hier, c'est utiliser Internet en politique avec un dessein clair. Finis les autocrates légitimés par des partis politiques desséchés idéologiquement. Juste une communauté citoyenne connectée qui décide collectivement de son avenir, qui redistribue le charisme démocratique.
Simple et génial : on entre enfin dans le 21e siècle !
Premières élections d'un nouveau genre. On va lancer la campagne 2.0.

- Ah bon, tu as entendu tout ça hier dans mes propos ?

Quelques minutes plus tard, je sors de ma douche en me frottant vigoureusement les cheveux, pour les sécher et peut-être en réponse à l'agitation interne qui anime ma petite boite crânienne.

- Claire, franchement, Internet par essence démocratique, voilà une idée naïve. En réfléchissant un peu, tout ça n'a pas de sens.
- Bien sûr que si. La IIIe République reposait sur la presse. La Ve République s'est abreuvée de télévision. Avec l'avènement des nouvelles technologies de la communication, il est temps que notre modèle politique change.
- Et la IVe République ?
- Pierre, je suis sérieuse. Voilà une occasion d'enclencher des mécanismes concrets pour renverser une situation qui phagocyte toutes les nouvelles énergies.

- Bon, admettons. De vrais changements sont indispensables mais je ne crois pas vraiment aux bienfaits automatiques de nos ordinateurs. Dis-moi, lancer des élections à la dérobade, tu n'as pas pris mon envolée lyrique pour une plaisanterie ?

- Oui et non. Continuons... Ouvrons un nouveau chemin comme tu as si bien dit hier, on verra où il nous mène.

Cet enthousiasme de Claire m'étonne.

Habituellement, elle n'est pas franchement impulsive. Disons plutôt qu'elle analyse avec beaucoup de recul, probablement comme elle l'apprend chaque jour dans son école de journalisme.

Et aujourd'hui, elle préfère se priver de cinéma pour donner suite à ce projet fallacieux.

Faut-il sacrifier une belle soirée en amoureux pour croire encore changer une société qui se nourrit d'immobilisme ?

Chapitre 4

Imed me jette les clefs du balcon en criant :

- L'interphone ne marche plus !

Je pousse la porte de l'immeuble. Claire plaisante parce que je maugréé devant l'ascenseur en panne. Ce n'est quand même pas très tendance d'avoir pour Q.G. de notre campagne web 2.0 un appartement où rien ne fonctionne.

Sur le palier, le calme de Caroline tranche avec la frénésie qu'on peut sentir en franchissant le seuil de la porte. Le canapé tourné vers la télévision est toujours là. Mais tout autour, le décor a changé. Cinq ordinateurs sont alignés sur une longue planche équilibrée par des tréteaux. Des fils emmêlés traînent partout au sol et grimpent sur quelques murs. Peut-être cherchent-ils aussi à s'échapper… Ludo, Maxence, Imed et Berlu paraissent absorbés par leur écran et ne se tournent même pas vers nous pour nous saluer.
Je suis partagé : est-ce une impression de centre d'appel téléphonique de pays émergent ou bien la vision d'un quartier général militaire, façon superproduction du cinéma américain ? Inès jette un œil vers les quatre travailleurs de fortune et s'approche de nous :

- Ils préparent le terrain, chuchote-t-elle avec une pointe de fierté dans le regard. Tout le monde s'arrête dans 15 minutes pour le briefing général, ajoute-t-elle. D'ici là, vous pouvez peut-être commencer à allonger la liste de nos contacts en mettant tous les vôtres ici. Je me charge de les hiérarchiser et de vous donner un récapitulatif.

Berlu saute de sa chaise, la voix chantante :

- C'est bon, j'ai la musique ! J'ai trituré un peu de classique avec des paroles bobo dessus. Tiens, je me sers une bière.
- Utilise tes deux bras et ouvre m'en une, dit Maxence les yeux toujours rivés sur son écran.
- La musique de quoi ? dis-je bêtement.
- Du site, espèce de banane, me répond Berlu.
- Chloé arrive, annonce Imed. Passe-moi les clefs que je les lui envoie…

Claire m'a déjà abandonné. Je ne sais pas ce qu'elle peut raconter à Caroline au bout de la pièce. Dire qu'on aurait pu passer une soirée tranquille, tous les deux. Content d'être là, sans plus, je me pose sur le canapé, une bouteille à la main, un peu coupé des autres, plongé dans mes réflexions ou plutôt comme si le vide avait rempli l'espace qui sépare mes deux tempes.

Nous voilà donc à nouveau tous réunis. Hier soir, dans l'allégresse des vapeurs de muscat et des bulles de cidre, après le journal du 20h, tout s'est emballé. Maintenant, rien ne m'explique cet enthousiasme persistant. Franchement, qu'est-ce que quinze personnes, aussi déterminées soient-elles, peuvent changer dans la vie de millions de gens ? Qui plus est, en dehors d'Inès, aucun d'entre nous n'est introduit dans les cercles des partis politiques ou des grands groupes industriels. Aucune proximité avec le pouvoir.

Notre petit périmètre d'amis est un concentré de ce qui fait la France : provinciaux, banlieusards et immigrés qui vont s'user dans les affres de la vie parisienne.

Ils quittent un à un leur pays

pour s'en aller gagner leur vie

loin de la terre où ils sont nés...

Chacun croit un temps à son étoile et à une vie professionnelle bien remplie en s'éloignant de ses parents. Après quelques mois, la routine et l'abrutissement d'une vie qu'on estime réussie empêche de se projeter ailleurs qu'à Paris. Alors on reste, mi cynique, mi résigné, avec des rêves de villes plus agréables à vivre.

- Conseil de guerre ! crie Inès, décidément transformée depuis 24h. Vous avez tous suivi les derniers événements, poursuit-elle. La France n'a plus vraiment de Président, ce qui pourrait être sans conséquence si l'équipe réunie autour de lui pour diriger notre pays n'était pas aussi lamentable. L'orchestre cacophonique du parti au pouvoir joue trop mal... Il va probablement y avoir des élections anticipées. C'est là que nous intervenons, à partir du projet énoncé hier par Pierre.

- Euh, justement, puisque tu parles de moi, je voudrais ajouter à mes propos d'hier qu'il convient d'éviter toute technophilie abusive. Ce n'est pas parce qu'on entend ça et là que plusieurs pays du monde arabe sont parvenus à s'émanciper un temps d'un pouvoir trop autoritaire grâce aux sms que nous devons en espérer autant des usages d'Internet. Les réseaux sociaux sont des armes efficaces pour s'imposer par la force. Regardez comment les terroristes exercent leur magistère en usant des nouvelles voies médiatiques.

- Tu as probablement raison Pierre mais la question n'est peut-être pas là, me répond Inès. Notre Président est fou. Son parti ne vaut plus rien. Les alternatives ne sont pas très glorieuses dans les partis traditionnels. Et surtout, les dernières élections montrent que les français sont en pleine rébellion civique. Pour l'instant, le clan Mouillefarine essaie de maintenir le statu quo. S'il y parvient, nous entrons dans le vrai coup d'état permanent ! Une autre alternative plausible consisterait à organiser des élections hâtives dans un contexte délétère. L'abstention maintiendrait la situation à l'identique. La folie du Président survient donc à un moment opportun pour revisiter la fonction qu'il est censé assumer et les moyens d'y parvenir.

- Très joli tout ça Inès. J'ai misé sur cet argumentaire peu réaliste hier à l'oral de l'ENA. Sur l'abstention, tu as raison, les français sont parfois désolants. Mais penser que nous pouvons changer les choses par Internet, il y a comme un aveuglement soudain que je ne m'explique pas. Les nouvelles technologies sont seulement des plates-formes techniques neutres facilitant la communication. S'adresser aux autres par des voies différentes ne change rien tant que le contenu et le récepteur n'évoluent pas. Corriger la forme ne modifie pas le fond.

- Bien sûr que si ! Pierre, en t'écoutant parler hier soir, une évidence est apparue : la fenêtre est ouverte sur le changement. Pour la société, l'avènement d'Internet a fait passer le 20ᵉ siècle du passé proche au passé lointain. Désormais, une génération se renouvelle tous les 10 à 15 ans. La Vᵉ République, la Constitution de 1958 et toutes les institutions qui en découlent ont l'âge de Cro-Magnon.

- Vous voulez tout casser mais les institutions sont un gage de stabilité. Et la sagesse dans tout ça ? laisse échapper Maxence.

- Elle a raison Inès, coupe Imed : notre modèle social est craquelé, les politiques sont à bout de souffle, l'économie et l'industrie dévoilent chaque jour l'étendue de leurs faiblesses. Râler, toujours râler, encore râler, mais jusqu'à quand ? Les jeunes ? Ils ont conscience qu'ils appartiennent à une génération qui a la poisse.

- Ta proposition d'hier met le feu aux poudres, reprend Inès. Voilà un moyen efficace de dire à chacun : tu peux infléchir l'avenir. Pas dans une manif de plus, mais derrière ton écran.

- Eh les intellos ! Vous savez quoi ? Ce matin, j'ai coiffé le fils de Jean Genteclique, dit alors Chloé. Beau gosse et très sympa avec ça. Il m'a confirmé que son père avait perdu 18 kilos en se privant de croissants lorsqu'il espérait battre Mouillefarine il y a 3 ans.

- Dis donc, tu as du beau monde qui vient à ton salon…

- … comprend moi, continue Inès sans porter attention à Chloé, les outils numériques permettent le décloisonnement des groupes sociaux opprimés et le renforcement des dissidences. Ils peuvent ensuite servir de base logistique concrète à la contestation.

- Fédérer et contester, très bien, renchérit Imed. Mais passons à l'étape suivante. Maintenant, il faut surtout changer la donne. La politique doit s'adapter à l'homme né au 21e siècle.

- Inès, tu crois vraiment que tu peux incarner l'esprit politique du nouveau siècle avec une belle page tape-à-l'œil dans la jungle d'Internet ? intervient Maxence.

Enfin un qui a gardé un peu de distance et d'esprit critique, me dis-je. Cela ne me surprend guère de la part de Maxence. L'empire du milieu, entre gauche et droite, a le mérite de réfléchir avant de parler.

- Exactement, dit Inès, presque en criant. Vous connaissez la théorie du cygne noir ? Le dissident de Wall Street, Nassim Nicholas Taleb, développe l'idée suivante : un événement imprévisible a peu de chance de se dérouler, mais s'il se réalise, les conséquences sont considérables et exceptionnelles.

- Tu veux dire que la maladie du Président est

une aubaine ? Pas besoin de théories fumeuses, on avait compris.

- C'est bien plus, reprend Inès, inarrêtable. L'affection du Président se situe à un moment clef. Pour être encore récentes, les nouvelles voies de communication ne sont pas encore complètement verrouillées et contrôlées. Un espace inédit d'action politique est ouvert mais on ne sait pas pour combien de temps. Transformons la chute du tyran en un triomphe de la nouvelle démocratie !

Caroline, Claire et Chloé discutent en aparté. J'ai très envie de tirer la manche du chemisier de Claire pour lui dire "vient par ici, rentrons nous enlacer sur notre divan. Laissons cette agitation". Mon naturel curieux me fait tout de même tendre l'oreille. Tandis que quelques pleurs arrivent de la chambre d'enfant, le moulin à paroles de Chloé marche à plein régime :

- Il doit me rappeler demain… Les filles, je vous préviens, je sors le grand jeu…

Chapitre 5

S'éterniser pour prendre son petit déjeuner : voilà un petit bonheur que j'aime à renouveler chaque week-end. Généralement, Claire a tout préparé quand je me lève et elle m'accueille avec un sourire qui annonce une belle journée.
Ce matin, l'odeur du café et des pains aux chocolats déposés sur la table aident à l'achèvement heureux de mon réveil. Je suis peu bavard. Claire me parle de ce qu'elle vient d'écouter à la radio, des différents propos des invités de son émission favorite sur l'économie.

Claire dégage toujours de l'exaltation quand elle évoque l'avenir. Tout le contraire de ce que je ressens habituellement. Elle me répète souvent que je suis cynique, mais comment penser autrement quand on observe le monde tel qu'il est ? Notre discussion s'anime lorsqu'elle dévie vers notre désormais projet politique collectif…

Durant les premiers jours qui ont suivi la soirée des discours présidentiels, mon scepticisme est resté entier à propos de notre démarche. Mais je dois avouer qu'aujourd'hui, à la veille de lancer le portail Internet des candidatures, je suis très excité. Le premier week-end nous a permis de nous répartir les tâches et de lever les doutes ou les réticences, surtout les miennes d'ailleurs. Imed et Inès, libérés de toute contrainte professionnelle, ont travaillé sans cesse pour organiser et donner forme à cette étrange entreprise. Une dynamique est née.

Le plus stimulant, je crois que ce sont les discussions avec mes élèves. Je leur ai proposé un jeu : réinventer un modèle d'élection intégrant les réseaux sociaux. De l'inspiration et des idées, ils m'en ont donné à foison et lorsque je leur ai présenté notre dernière version avant mise en ligne du "portail présidentiel", ils ont été tellement emballés que j'ai même dû refréner leurs ardeurs. Le jour de la sortie des classes, tout le lycée connaissait le projet et la plupart des élèves étaient déterminés à en informer leurs amis. Bonjour la neutralité politique du professeur d'histoire… C'était il y a 8 jours et, le groupe d'amis constitué sur le réseau social le plus développé au monde a franchi les 2000 membres dès le premier week-end des vacances. Pour les connaisseurs, on peut parler de succès viral immédiat ! Depuis, éloigné de mes élèves à la faveur des congés scolaires, j'ai retrouvé chaque jour mes complices, chez Imed et Caro ou bien dans les allées du Jardin du Luxembourg, notamment pour faire quelques essais de prise de parole publique, de quoi tester notre discours.

Une opération politique citoyenne, mais sans crise d'égo ni tentative individualiste, juste une épopée dont la dimension collective est très stimulante. On rigole bien, surtout quand Inès tente de convaincre quelques passants. À croire que certains naissent pour ne jamais parvenir à dialoguer avec leurs semblables. Son langage sans finesse rappelle immanquablement celui des syndicalistes post 68, à la limite un Georges Marchais la gouaille en moins. La plupart du temps, elle est involontairement très drôle. Il vaut mieux rire sous cape quand elle pique une colère authentique. Gare si elle en voit un se moquer d'elle, même gentiment.

Demain, alors que notre portail de candidature sera ouvert aux internautes, nous activerons tous nos réseaux sociaux. Le groupe de soutien monté par mes élèves a désormais atteints les 10000 inscrits ! Qui sont ces gens ? Même s'ils peuvent tous figurer parmi les candidats, difficile de dire combien sont réellement intéressés par une nouvelle élection présidentielle.
De son côté, Imed a conçu un algorithme qui renvoie pleins de mots clés vers notre portail Internet. Nombreux sont ceux qui devraient se trouver sur notre site par un hasard méticuleusement provoqué alors qu'ils effectuent une requête sur l'état de santé du Président, sur la météo en Corse ou sur la recette de la croustade gasconne.

Maxence est parvenu à convaincre le directeur de la rédaction du journal *Le Monde* de faire un papier sur notre entreprise avec pour titre :

La technologie fera-t-elle progresser la démocratie ?

Avoir ses entrées immédiates dans l'un des plus prestigieux quotidiens français est une aubaine. Nous avons envisagé que l'élection devait passer par l'intermédiaire d'Internet mais aussi que tous les médias devaient être utilisés. La dernière élection présidentielle a montré que le choix d'un président se fait comme celui des fruits et légumes au supermarché. Beaucoup de visibilité, un bel emballage et les tomates et patates sont vendues… Peu importe que le ver soit là, dedans. Tous sont prêts à en croquer.

Claire franchit le seuil de la cuisine, m'extirpant de mes pensées.

- Pierre ?
- Oui.
- Connais-tu la dernière ? Chloé flirte avec Julien Genteclique.
- Pas possible ! Très romanesque le fils d'énarques avec la jolie coiffeuse.
- Sur le dernier texto, elle me demande si elle peut l'inviter chez Caro et Imed demain soir.
- Bien sûr qu'il peut venir, dis-lui. Plus on est de fou…
- Un peu risqué quand même non ?
- Que veux-tu qu'il arrive, que papa Genteclique se mette en colère parce que son fils fréquente un groupuscule d'agitateurs virtuels ?
- Non, mais tu sais très bien ce que pensent Inès ou Imed des sociaux-démocrates. Alors introduire le fils de deux candidats successifs à l'élection présidentielle dans notre aventure, des remous sont à prévoir.
- Il en faut pour faire avancer les choses. Voilà de quoi pimenter notre soirée. Mais crois-tu vraiment que leur relation soit sérieuse ?
- Difficile à dire avec Chloé mais quand elle nous en a parlé, elle avait l'air très séduite. Pas comme d'habitude.

Chapitre 6

Je peux enfin assouvir une envie vieille d'au moins trois ans. Tôt ce matin, je me suis assis sur le sofa, une grande tasse de café dans une main, un roman ouvert à la première page dans l'autre. Envie bizarre ? Envie de bobo m'a dit Berlu l'autre soir. Peut-être mais dans un emploi du temps chargé, les minutes superflues sont rares. Depuis des mois, lorsque je disposais de suffisamment d'énergie pour lire, je me jetais sur un essai d'économie, un article sur les questions sociales ou un arrêt de droit public. J'ai aussi appris quelques fiches par cœur sur les livres à la mode pour l'oral de l'ENA. Rien d'excitant. Alors, commencer ma journée en me disant que le livre que je tiens devant moi va révéler les secrets d'une histoire, quel bonheur.

Mon choix s'est porté sur *Le Désert des déserts* de l'explorateur anglais Wilfred Thesiger. Son récit poétique témoigne de ses six années passées à rôder dans le Rub al-Khâli, le fameux désert du Quart Vide, aux confins de l'Arabie Saoudite.

Étrange sensation que cette idée de désert hostile où seuls les bédouins s'aventuraient jusqu'à cette fameuse traversée de Thesiger, au sortir de la 2e Guerre Mondiale. Aujourd'hui, paraît-il, la couverture réseau permet de téléphoner partout. Avec une clef 3G, on surfe sur les dunes. Mais gare aux batteries déchargées et aux grains de sable dans le smartphone !

Toujours est-il qu'en dehors d'une pause biscotte confiture, je n'ai pas vu la journée passer.

18 heures : la main de Claire dans la mienne, nous traversons le jardin du Luxembourg au son d'un abruti qui hurle sa détresse d'avoir raté son coup droit puis son revers dans une partie de tennis. Il doit au moins jouer sa vie pour beugler ainsi.

Je raconte à Claire cet endroit magique décrit par Thesiger dans son livre.

- J'aimerai bien regarder le soleil se lever au calme du désert, lui dis-je.
- Comme le Petit Prince de Saint-Exupéry, lorsqu'il va voir son coucher de soleil ?
- Oui, peut-être. Il faudrait aller plus souvent regarder le soleil se lever et se coucher.
- T'es bucolique depuis que tu ne lis plus la prose de la haute administration ? Tiens, regarde, ils sont là-bas.

Chloé nous fait un petit signe de la main. Le flot de paroles qu'elle déverse habituellement en ferait presque oublier sa superbe. Avec son nouveau compagnon, ils forment un couple magnifique. Elle nous aborde d'un air grave inaccoutumé, comme si elle voulait montrer qu'elle prend très au sérieux sa nouvelle relation.

- Bonjour, dit Claire.
- Bonjour.
- Alors, tu ne nous présentes pas ?
- Si, bien sûr, voici Julien.

Nous discutons quelques minutes. Julien est très chaleureux, agréable, drôle. Nous partons tous les quatre en direction de notre QG habituel, chez Imed et Caro.

Claire explique à Julien qu'elle finit ses études de journaliste politique, ce à quoi il répond sans vanité qu'il a vu défiler chez ses parents tous ceux qui écrivent dans la presse ou passent à la télévision depuis 20 ans. Il avoue ensuite ne pas beaucoup s'intéresser à la chose publique :

- J'ai 26 ans et je ne suis quasiment jamais allé voter. À peine pour ma mère ou mon père, lorsqu'ils se sont présentés successivement aux élections présidentielles ! Je crois que j'en ai trop entendu à la maison quand j'étais jeune.

Chloé jubile :

- Moi non plus je ne suis jamais allée voter. Chez moi, la politique n'intéressait personne, sauf ma mère et ma tante qui commentaient pendant des heures la coloration et la mise en plis des épouses des présidents.

Je me dis que ces deux-là se sont bien trouvés. Ne jamais prendre part aux votes, je trouve cela facilement compréhensible à la lumière de ce que les médias montrent de la vie politique. Dans le spectacle quotidien de l'exagération, les faits et gestes anodins sont analysés, décortiqués, sans jamais prendre le temps de s'arrêter sur ce qui a de l'importance. L'information en temps réel est un exercice d'illusionniste très captivant mais dont on ne retire quasiment rien. L'heure qui suit, le lendemain, un mois plus tard, tout repart à zéro, le tour de passe-passe recommence. À quoi bon voter ?

- Pierre, me dit Claire, est-ce que tu as présenté notre projet présidentiel à Julien ?
- J'ai cru comprendre que tu n'étais pas vraiment passionné par ces questions, dis-je en me tournant vers lui.
- Mais si un peu quand même… Raconte-moi, me dit Julien, sans paraître faussement intéressé.

Je lui expose les grandes lignes de notre aventure, ce qu'on voudrait faire, comment mes élèves ont réagi. Julien me pose régulièrement des questions puis finit par avouer qu'il aimerait y croire mais que le réalisme politique broiera cette tentative sans même s'en rendre compte.

- Voilà une position franche, lui dit Claire, qui ajoute que pour quelqu'un qui avoue ne pas voter, il semble très au fait de la vie politique et de ses mécanismes.
- C'est que, dit-il, j'ai vécu dans ce monde, j'ai pu en mesurer l'immensité et surtout j'en ai retiré beaucoup de tristesse lorsque j'ai vu les attaques qu'ont pu subir mes parents, jusqu'à leur déchirement. Quand ils se sont séparés, j'ai décidé que je mènerai une vie parallèle à la leur et à la politique, en évitant autant que possible de croiser cette dernière. Je ne discute jamais avec

mes parents de leurs combats politiques respectifs. Quand je ne vote pas, ça ne veut pas dire que je ne m'intéresse pas à notre destin collectif.

Chloé intervient :

- Ce n'est pas parce qu'on ne fait pas de la politique qu'on est idiot quand même !

Je rassure tout de suite Chloé en lui disant que la politique est un peu comme un salon de coiffure. Tout le monde y garde la tête bien haute et palabre abondamment pour dire du mal de ses ennemis comme de ses amis. Voter, pas voter… il y a des idiots partout.

Julien esquisse un sourire et ajoute :

- Oui, certains coiffeurs aussi ne font pas très bien leur travail…

Je demande alors à Chloé si elle a bien prévenu Julien qu'il allait rencontrer quelques révolutionnaires de salon et aussi d'étranges apatrides politiques, sortes de moutons à cinq pattes de la métaphysique gauchiste. Elle bredouille quelques mots, comme pour s'excuser par avance si quelques-uns s'avisaient de faire des remarques déplacées sur l'ascendance de Julien :

- De toutes manières, nous ne venons pas pour la politique, on vous laisse faire.

- Je plaisante, lui dis-je pour la rassurer.

Comme les jours précédents, Imed nous envoie les clés par la fenêtre. Lorsque nous pénétrons dans l'appartement, Inès lit d'un ton martial ce qu'il est convenu d'appeler des éléments de langage à destination de tous les médias qui voudraient bien croiser le chemin de l'un d'entre nous :

- Il faut démultiplier la souveraineté. Il n'y a pas une façon unique d'exprimer la volonté générale. En plus d'être gérontocratique, l'expression électorale actuelle n'est qu'intermittente et partielle. Or, la demande de démocratie est permanente et le peuple tout entier doit être entendu. Grâce à Internet, il est aujourd'hui techniquement possible d'améliorer le système électoral. Toutefois, nous ne voulons pas d'une démocratie presse-bouton car la démocratie n'est pas simplement un régime de la décision. Elle est un régime de la volonté générale, ce qui se construit, se discute, s'élabore et se partage, tout comme le pouvoir et la décision…
- Allez Inès, arrête un peu, se met à chanter Berlu, sans parvenir vraiment à focaliser l'attention sur sa guitare. Faisons honneur aux tourtereaux qui viennent d'arriver et buvons un verre. Et laisse tranquille les vieux, tu le seras aussi un jour, non ?

Maxence survient :

- Il faut absolument que je vous lise le mail de

mon cousin qui est spécialiste de droit constitutionnel et que notre projet a beaucoup amusé. Voilà, en gros, il dit qu'avant le début de l'élection, nous devrions entamer une procédure de destitution, pour gagner en crédibilité et en couverture médiatique.

- Rien que ça ? Et tu comptes t'y prendre comment pour renverser le Président actuel, tout malade qu'il est ? dit Berlu, qui ne chante plus.

- Moi, je ne sais pas trop, mais mon cousin suggère de s'appuyer sur la loi constitutionnelle de modernisation des institutions de la Ve République qui prévoit la possibilité d'un référendum populaire.

- Super, mais on fait quoi, nous ? demande Inès.

- Euh, il dit que les décrets d'application ne sont pas encore sortis mais qu'une simulation grandeur nature serait un bel exercice pour faire avancer les choses : il faut réunir les signatures de 4,5 millions de citoyens après avoir été soutenu par un cinquième des parlementaires.

- C'est tout ? dis-je ironiquement.

Un peu esseulé sur le canapé, Berlu s'interroge à haute voix sur la question qui pourrait être posée par voie référendaire. Sa profonde réflexion aboutit :

- Je propose de soumettre à référendum cette question : l'urine d'un président doit-elle être jaune pour qu'il soit autorisé à diriger le pays ?

Plein de bon sens, Imed prend la parole :

- Une procédure de destitution du Président ne peut être entamée qu'à la suite d'un manquement incompatible avec sa fonction, qui rendrait la poursuite de son mandat impossible. Et je crois qu'il faut attendre un peu de voir si le Président démissionne de lui-même.

Berlu coupe la démonstration d'Imed et poursuit :

- On savait déjà que Mouillefarine était cinglé et maintenant que les médecins te confirment qu'il est atteint de folie, ça ne te suffit pas ?

D'habitude peu véhément, Maxence propose d'ajouter sur notre portail un lien vers un site dévolu à une action symbolique de destitution du Président :

- Si la pétition recueille beaucoup de signatures, les parlementaires, qui ne sont que des suiveurs d'opinion, pourraient se ranger à un renversement du Président.
- Les parlementaires ? Tu attends quelques choses d'eux ? Pfff ! Quand tu cries "Au voleur", ils s'enfuient tous en courant ! vocifère Ludo, apparemment très remonté.

Imed emboîte quand même le pas de Maxence et promet qu'en deux jours, tout peut fonctionner. Spontanément, Inès propose un vote : "faut-il mettre en ligne une pétition pour la destitution du Président ?"

- Nous y voilà ! rugit Ludo. Il va falloir voter toutes les 30 secondes, même pour savoir si Berlu peut aller aux toilettes.

Le vote est tenu à mains levées. Les voix pour et contre s'équilibrent. Seuls Chloé et Julien ne se sont pas prononcés. À juste titre, Julien explique pourquoi il ne se voit pas donner son avis. Tous les regards se tournent alors vers Chloé.

- Ne me regardez pas tous comme ça. Je n'en sais rien si je suis pour ou contre votre truc. Moi, je trouve très bien que vous fassiez votre révolution mais sans moi. Ne me demandez pas de réfléchir avec vous.
- Allez, te fais pas prier, lui dit Maxence. Ton avis compte autant que celui des autres et puis on te promet d'essayer de renverser le Président actuel sans déranger personne...
- Bon, ben, d'accord, je suis pour, si ça vous fait plaisir.
- Majorité pour. Donc, nous sommes tous d'accord pour lancer la pétition ? claironne Inès, qui a voté pour.
- Euh, moi, pour me convaincre, il faudrait ouvrir une autre bouteille, rigole Berlu, qui a voté contre. Et qui est pour que j'aille aux toilettes ? Ludo ?

Voilà comment la pétition voit le jour, sur une décision mûrement réfléchie, notamment de Chloé...

Chapitre 7

- Allo, Claire ? Tu ne me croiras pas. Trois heures à peine après avoir mis en ligne notre pétition, figure-toi que la chaîne parlementaire Public Sénat nous a contacté. Ils veulent que l'un d'entre nous aille sur leur plateau. Ils font une soirée spéciale sur les réformes institutionnelles du dernier quinquennat. Ils nous invitent pour parler du référendum populaire. Avec Imed et Maxence, on a pensé que ce serait bien que tu sois notre représentante. À la télé, tu passeras bien, non ? C'est demain, en direct, à 19h.

- … hum …

- Claire ? Eh ! Allo ? Bon, passe-moi Pierre ! Pierre, tu m'as entendu ?

- Oui Inès, à peu près.

- Pourquoi Claire ne répond pas ?

- Euh, je crois qu'il faudra prévoir une longue séquence de maquillage demain, parce que là, elle est transparente, je vois à travers. Quand on n'a plus de couleur, on peut encore parler ?

- Dis à Claire qu'on fera un briefing ensemble dans l'après-midi.

- D'accord, elle te rappelle, dès qu'elle réapparaît.

Je pose le téléphone. En mon for intérieur, je me dis que j'aimerais mieux connaître la psychologie féminine. Mais, Claire m'interroge si fort du regard qu'il faut que je lui parle avant d'avoir pesé mes mots.

- Chérie, je crois que tu vas devenir une star plus tôt que prévu.

- Tu trouves ça drôle ? Je fais des études de journalisme et c'est moi qu'on interview sur un sujet à moitié fantôme ! J'ai rien à leur dire moi de votre foutu projet.

- Je croyais que tu en faisais partie et que tu le soutenais.

- Pfff, oui et non. D'un point de vue journalistique, je trouvais cela intéressant, voilà tout. Tu sais très bien que je ne suis pas militante dans l'âme. Et puis surtout, je suis un peu surprise de voir que ça mord à l'hameçon aussi vite.

- Qu'est-ce que tu veux dire ?

- Laisse tomber. Donc, si je résume, soit je me ridiculise pour les trois prochaines décennies en soutenant un truc loufoque dans une émission sérieuse, soit je mange de la soupe à la grimace pendant des lustres chez tous nos amis.

- Tu exagères, je suis sûr par exemple que Chloé ne t'en voudrait pas.

- De ne pas soutenir le projet d'accord, mais de ne pas passer à la télé, même elle ne me le pardonnerait pas.

- Surtout si tu ne vas pas te faire coiffer chez elle avant d'être à l'antenne. Bon, écoute, je descends à la pâtisserie chercher un bon gâteau au chocolat comme tu les aimes, ça t'aidera à réfléchir.

En descendant les marches 4 à 4, je me dis que question psychologie féminine, il faudra que je revoie le manuel. J'ai oublié le principe de base : au moins deux compliments avant de dire quelque chose qui risque de déplaire. Muni de mes délices aux chocolats, je retourne vers Claire.

- Et voilà le travail ! Tu prends un thé avec ?
- Oui, je veux bien. Excuse-moi pour tout à l'heure, je me suis emportée. Tu étais le premier à me dire que tu trouvais peu crédible de proposer une élection présidentielle d'un nouveau genre. Je n'avais qu'à, moi aussi, me montrer plus sceptique devant les autres.
- Tu vas y aller ?
- Qu'est-ce que tu en penses ?
- Du bien. Il me semble que pour une future journaliste, se frotter aux plateaux télévisés est une belle expérience. Quant au sérieux de l'élection Internet et de la pétition pour la destitution, tu n'as qu'à te positionner comme une journaliste qui cherche les possibilités dont dispose le citoyen lambda pour faire vivre son espace démocratique.
- Merci de me remonter le moral. Je ne serai pas ridicule demain ?
- Bien sûr que non. Je ne dis pas ça seulement parce que je t'aime et que tu es la plus belle.
- Arrête, n'en jette plus, c'est bon. Je rappelle Inès pour lui dire que j'irai. T'es content ?
- Oui, plutôt. Tu ne veux jamais que je te filme ou que je te photographie. Là au moins, j'aurai ton joli minois en bobine.

Chapitre 8

Les coulisses d'un plateau de télévision sont pleines de courants d'air. Je vais m'enrhumer si je continue à attendre là que l'émission se termine. En plus, sur cet écran du hall d'accueil, je ne suis pas très bien les échanges. Il me faudra regarder l'enregistrement pour me faire une idée de la prestation de Claire mais, tout de même, je peux dire qu'elle est rayonnante. Ni le ministre, ni le député et encore moins le directeur de l'institut de sondage ne peuvent lui faire de l'ombre : ils sont tout gris. À l'image de la classe politique dans son ensemble. Peut-être est-ce la télé qui finit par les rendre comme ça.

Oulala ! Je vois le décompte final de l'émission sur l'horloge faite de petits points rouge lumineux. Il ne reste que quelques secondes. Il faut que je sois prêt à répondre aux questions de Claire. Elle est bourrée de talent mais elle manque de confiance. À coup sûr, elle va se dévaloriser et me déverser un flot conséquent de palabres sur sa supposée médiocrité. Comme je n'ai pas tout entendu, la partie s'annonce difficile… Claire me rejoint à grandes enjambées. Je ne sais pas si c'est bon signe.

> - Quel con ce Bouffigues. Non mais tu l'as vu faire ses leçons de démocratie ? Pour qui se prend-il, franchement ?
> - Euh, il est ministre quand même…
> - C'est une raison pour essayer de me faire passer pour une gamine écervelée ? Tu as entendu le ton méprisant qu'il utilisait ?

- Oui, à peu près le même que…

- … et sa réplique quand j'ai parlé des citoyens proches de l'insurrection, frappés par une pauvreté croissante, face à des politiques déconnectés de leur vie. N'importe quoi !

- Tu as trouvé les mots justes et tu les as prononcés avec beaucoup de calme. Les téléspectateurs, d'autant plus de cette chaîne de télé, t'auront entendu. Moi, je t'ai trouvé très convaincante, à la fois pour défendre un nouveau mode d'élection, sur la nécessité de destituer le Président s'il ne le fait pas lui-même et aussi pour raconter ce qui te révolte quotidiennement dans les pratiques politiques.

- J'en ai pas fait un peu trop ?

- Claire. Tu étais superbe. Je suis très fier de toi. Et je crois que je ne suis pas le seul. Quant à Bouffigues, laisse le où il est. À mon avis, il n'est plus pour très longtemps aux affaires. Maintenant, il va être intéressant de mesurer l'écho de ton intervention sur la pétition et sur les visites de notre portail pour une nouvelle élection. On passe chez Imed et Caro ?

Chapitre 9

- Voilà notre championne ! hurle Berlu du balcon lorsqu'il nous voit traverser la rue.

À peine avons-nous franchi le seuil de la porte qu'Inès, Caroline et Imed se jettent sur Claire pour la féliciter de sa prestation et lui annoncer qu'après Public Sénat, Tf1 est également sur les rangs pour une interview au journal de 20h du dimanche soir. Peut-être 8 millions de téléspectateurs ! Avec Berlu, Ludo et Maxence qui se sont également mis à parler, la cacophonie est étourdissante.

Je rase les murs jusqu'au canapé en saisissant au vol une bière que quelqu'un vient certainement de sortir du frigo. Tant pis pour cette petite main anonyme inattentive, j'écoule en douce sa belle mousse.

Les images de la télé défilent, sans le son. Je mets ma chaîne préférée : la mosaïque. Découvrir 24 émissions en même temps est assez passionnant. On s'attend toujours à ce que le bonhomme en haut à droite, brushing au sourire étincelant, fasse passer son robot mixeur aux joueurs de tennis d'à côté, à moins que la chanteuse d'en dessous ne le prenne en pleine tête.

Un des petits carrés montre trois hommes sur des chameaux en plein désert, puis ensuite, au beau milieu d'une ville qu'on croirait américaine. En deux coups de télécommande, je mets le son et j'élimine les autres petites lucarnes pour ne garder que celle de ces trois Bédouins sur leurs montures. Sublime. La cité futuriste qu'ils traversent est Abu Dhabi. Ils ont mis 40 jours pour la rejoindre, dit le journaliste.

Depuis le Sultanat d'Oman en passant par l'Arabie Saoudite, plus de 1000 kilomètres de dunes à la beauté effrayante…

- Hein ? Quoi ?
- Pierre, tu es d'accord alors ? Super !
- De quoi ? Attends, je baisse le son.
- On ne veut pas que notre projet soit assimilé à une seule tête alors après Claire, te voilà dans la course aux médias, me dit tranquillement Inès.

Je me tourne vers Claire le regard interrogateur.

- Moi, j'ai donné et puis on vient de décider ensemble.
- Ensemble ?
- Allez, tes élèves seront contents de te voir à la télé.
- Pourquoi pas toi Imed ? Tu travaillais bien dans la communication avant, non ?
- Laisse toi aller Pierre. En plus, contrairement à Claire, tu as plusieurs jours pour te préparer.
- À mal dormir, tu veux dire…
- Si tu peux assurer la maintenance technique de notre site et de la page relative à la pétition, je veux bien prendre ta place, me dit Imed d'un ton moqueur. Et puis ma tête d'arabe foncé, c'est pas très vendeur, sourit-il malicieusement.
- Ma place ? Est-ce vraiment la mienne ?
- C'est celle de n'importe qui d'entre nous mais dimanche, il faudrait vraiment que tu y ailles. Je ne sais pas encore si le serveur informatique qu'on utilise pourra supporter toutes les visites

sur notre site. Rassure-toi, on sera aussi stressé
que toi.
- Super. Je peux avoir une deuxième bière alors ?
- Voilà. Pierre retrouve la raison, répète plusieurs
fois Berlu.

Claire vient s'asseoir à côté de moi et me susurre
quelques mots gentils. Elle s'y connaît beaucoup plus
en psychologie masculine que moi en psychologie
féminine...

Chapitre 10

Nous ne sommes pas encore dimanche que notre bon Imed rencontre déjà toutes les difficultés pour faire face à l'embouteillage du site de la nouvelle élection présidentielle 2.0. Concernant les signatures, cela peut paraître invraisemblable : les 100000 ont été dépassées trois jours après le lancement de la pétition. Certes, nous sommes encore loin des quatre millions escomptées mais aucun d'entre nous n'aurait osé faire ce pronostique.

Ce soir, Julien et Chloé viennent dîner chez nous. Le père et la mère de Julien ont récemment multiplié les interventions pour commenter la maladie du Président. Depuis longtemps maintenant, l'un comme l'autre se verrait bien à sa place. Leur couple n'a d'ailleurs pas résisté à l'attrait du pouvoir. Je pense qu'on évitera d'évoquer tout cela. Julien ne doit pas être très bavard à ce sujet.
Lorsque Claire rentre de son école, elle me raconte que tous ses amis lui ont parlé de son intervention sur la chaîne Public Sénat.

- Ils n'allaient pas me dire que je suis nulle mais les compliments paraissaient sincères. Presque tous ont signé la pétition et plusieurs vont en parler dans les revues où ils écrivent et aussi à la radio. Dis-moi Pierre, tu ne crois pas qu'on s'est lancé dans une drôle d'aventure ?
- Si. Je le répète depuis le début.
- Tu en es tout de même à l'origine avec ton discours fondateur, non ?

- Mais j'étais épuisé ce soir-là, je voulais qu'on me laisse tranquille et j'ai raconté ce qui me passait par la tête. Rien de plus. Je ne croyais pas que cela déclencherait des passages à la télévision en série et tout ce tintamarre sur Internet. Ah oui, au fait, je ne t'ai pas dit... Maxence a appelé tout à l'heure. Le mot pétition est en tête des requêtes des internautes français depuis hier. Les bloggeurs font aussi beaucoup d'écho à notre site, comme s'ils se retrouvaient dans notre démarche.

Chloé et Julien sonnent. Claire n'a pas encore eu le temps de s'habiller après sa douche. Je me dis que je l'emporterais bien de caresses vers notre chambre plutôt que d'aller ouvrir la porte. Et peut-être nos deux convives peuvent-ils lire comme un sentiment de frustration sur mon visage lorsque je les accueille. En effet, Julien me demande :

- On n'arrive pas trop tôt, j'espère ?
- Tout va bien ? m'interroge Chloé avec insistance.

Le repas se passe à merveille. Julien complète parfaitement Chloé. Il rattrape habilement tous ses écarts de langage. Inscrit à l'école des Beaux-Arts de Paris, Julien reconnaît s'intéresser essentiellement aux arts de la table, côté mangeur, et un peu aussi quand même à la production cinématographique. Toujours est-il qu'il excelle en société avec mille histoires à raconter, des idées en pagaille et le sourire plaisant de l'honnête homme.

Julien nous avoue être beaucoup plus bavard qu'à l'accoutumé. Il nous raconte avoir dit à son père et à sa mère qu'il connaissait les membres du groupe qui organise cette pétition pour la destitution du Président.

- Depuis, tous les deux m'ont appelé plusieurs fois pour avoir de plus amples informations, se met à rire Julien. Ils me parlent comme si j'étais un chargé de com' de leur cabinet… En tout cas, vous avez réussi à agiter le microcosme politique.

Claire demande alors à Julien :

- Alors ton père a connaissance de notre existence ?
- Ah ça oui ! Il m'a même dit après t'avoir regardé à la télé que tu avais beaucoup de talent.

Je connais bien les traits du visage de Claire pour les contempler longuement lorsqu'elle dort. Là, je les vois s'éclairer d'une manière inhabituelle. Je comprends qu'elle ne puisse rester totalement impassible aux compliments d'un homme politique parmi les plus respectés aujourd'hui.
Éternel perdant mais respecté…

Chapitre 11

Quand on n'est pas grand-chose, se lever un dimanche matin en se disant que le soir même on sera sur des millions d'écrans de télés a quelque chose de vertigineux. Surtout quand il s'agit du dernier week-end des vacances et qu'on sait aussi qu'il faudra prendre le RER A de 6h34 pour être à l'heure de la sonnerie du lycée le lendemain…

J'ai envie de sortir du lit, à peu près comme les jours où il faut se lever pour un rendez-vous chez le dentiste. J'ai peur. Plus j'y pense et plus le nœud qui me serre la poitrine m'oppresse. Je me demande ce que ce sera ce soir lorsque la journaliste m'adressera ses premières questions.

J'interroge Claire allongée à côté de moi :

- Comment font les autres quand ils sont stressés ?
- Ils stressent, chéri. Ils stressent. Rendort toi, au moins, ça t'évitera de penser.
- Penser ne me dérange pas. Le stress me dérange. On doit bien pouvoir aller sur un plateau de télévision sans être pétrifié par avance, non ?
- Tu n'avais pas l'air aussi inquiet l'autre jour quand je suis allée à ce débat télé.
- Tu as raison. J'étais encore jeune et insouciant.
- Et maintenant ? me demande Claire.
- Maintenant, je vois que je vais aller chercher les croissants, non ?

- Oui, sous la pluie, c'est toi. Je reste au lit en t'attendant.

Je descends par l'escalier en maugréant. Je n'aime pas me lever avant Claire et en plus, le soleil a revêtu son manteau de fainéant aujourd'hui.

- Bonjour monsieur, chantonne la boulangère avec son sourire presque naturel. Alors, vous l'avez vu le coup de parapluie du Président ?
- Euh, non, pourquoi ? Il est dans la rue ?
- Mais vous ne regardez pas la télé ? Hier. Il a rossé le premier ministre à la commémoration.
- Comment ça ?
- Il lui a mis plusieurs coups de parapluie derrière la tête. Oh, pas très fort mais quand même. On aurait cru Louis de Funès avec Bourvil, vous savez. Je vous en mets un troisième pain au chocolat ?

La journée passe. J'ai prévenu tout le monde que je ne répondrai pas au téléphone. Claire est là. Le reste m'importe peu.
Tétanisé. La sonnerie que j'entends est bien celle du taxi qui passe me prendre pour aller jusqu'aux studios de télévision. Claire ne parle pas. À la vue de la tour de verre, je sens mon cœur battre plus fort et je me concentre pour cesser de labourer la main de Claire qu'il m'est impossible de lâcher. Le chauffeur nous laisse quelque part dans les parkings des sous-sols. Nous prenons l'ascenseur.

- Tu es certaine pour la cravate ?

- Je t'ai dit 20 fois que tu serais mal à l'aise avec. N'oublie pas que tu lances la révolution ce soir alors les codes vestimentaires…

Cheveux blonds colorés, embijoutées des mains à la tête et bronzages flétris façon vieilles niçoises, les réceptionnistes du rez-de-chaussée nous accueillent, sourires forcés mais durables. Les présentations faites et après un appel téléphonique, l'une d'elles nous dit de sa voix ampoulée :

- Sacha Emona va descendre vous chercher en personne. Vous pouvez patienter dans les salons prestiges, là-bas à votre gauche, derrière la rangée de yuccas.

La seule évocation du nom de la journaliste me donne un grand frisson. Je me prépare à rencontrer la papesse du JT de 20h.

Chapitre 12

Une hôtesse nous propose un rafraîchissement que j'accepte volontiers. Claire, occupée au téléphone, ne voit même pas arriver Michel.

- Ah les cons ! me dit-il. Ils m'ont encore pris pour Ben Laden à l'entrée. Résultat, je poireaute depuis 20 minutes entouré par deux types en costard et lunettes de soleil alors qu'il n'y a pas de soleil. Et encore, il serait vivant le Ben Laden, je comprendrais qu'on me regarde de traviole. Mais maintenant qu'il a rejoint les dauphins pour l'éternité, là franchement, on nage en plein délire.

Michel est rentré du Maroc en cours de semaine. Il vit là-bas une bonne partie de l'année parce qu'au bled, avec quelques euros, il trouve toujours des jeunes femmes pour l'aider. Cynisme ?
Non. Lorsqu'il a perdu son épouse, Michel savait très bien faire trois choses : être gentil avec l'amour de sa vie, diriger brillamment et humainement son entreprise et passer des heures sur ses ordinateurs en quête des dernières avancées informatiques. Et aussi supplanter Gargantua dans les plaisirs de la table. Désormais, il vit une bonne partie de l'année au Maroc des rentes de la cession de son entreprise. Imed avait fait sa rencontre en travaillant pour sa société avant qu'il ne la vende. Ils ont sympathisé.
Lorsque Michel a perdu sa femme, il a habité quelques temps sur le canapé d'Imed et Caro et nous avons donc fait connaissance. Même dans cette

période difficile, Michel a un esprit vif, curieux et débordant. Toujours une idée en tête, deux ou trois expériences à mener, un forcené de l'informatique, peut-être même un précurseur d'Internet.

Aujourd'hui, il est un peu l'âme de notre groupe d'amis. Sans avoir fait d'étude, ce type déborde d'intelligence. Aveyronnais, seul son rire est aussi fort que son tempérament.

Le Larzac militant des années 70 a été son premier terrain de lutte. À 17 ans, contre l'État sourd qui voulait convertir quelques terres pelées en camp militaire, il était de ceux qui pensaient qu'il ne fallait pas utiliser la violence pour réagir aux provocations orchestrées depuis la capitale. Après de longues discussions, ce pari s'est avéré gagnant. De cet engagement et de cette expérience, il a appris à toujours s'adapter et à utiliser le bon ton au bon moment dans ses relations sociales.

Hier, j'ai demandé à Michel s'il pouvait m'accompagner ici. Son arrivée est un réconfort, quelques minutes avant ma prestation télé.

Sacha Emona, beaucoup plus petite que je ne croyais, arrive pour préparer l'interview. Deux poursuivants, munis d'ordinateurs, stylos, carnets et lunettes carrées lui emboîtent le pas. Claire, Michel et moi nous asseyons à une même table, en face d'eux. On croirait qu'ils sont venus négocier avec nous je ne sais quel accord secret.

- Voilà ce que je vous propose, commence la journaliste vedette. Je vous donne le fil rouge de mes questions. Vous me dites à peu près ce que vous allez répondre et s'il y a d'autres choses que vous voudriez aborder. Euh, je peux vous demander qui sont les deux personnes qui vous accompagnent ? termine Sacha Emona d'un ton sec.

- Je vous présente Claire Letellier. Elle termine sa dernière année au Centre de Formation des Journaliste de Paris que, je crois, vous connaissez bien.

- Et oui, ce sont de vieux et bons souvenirs. Vous étiez l'autre soir sur Public Sénat, c'est ça ?

- Oui, répond Claire, tandis que Sacha Emona ne quitte pas des yeux Michel, avec un air agacé.

- Et voilà Michel, conseiller de notre groupe. Nous pensons qu'il faut des jeunes et des moins jeunes pour réfléchir ensemble, sans préjugé.

Sacha Emona ne semble pas apprécier la présence de Michel. Ses deux collaborateurs nous exposent le défilé des questions sans vraiment écouter mes réponses tandis qu'elle nous quitte pour rejoindre son bureau.

À la fin de l'entretien, le plus jeune des deux costumés façon 16ᵉ arrondissement me donne rendez-vous 30 minutes plus tard et me prévient :

- Vous serez sur le plateau dès le générique. Vous apparaîtrez à l'écran. Sacha vous présentera. Vous ne répondez rien. Elle débute son journal et après exactement 12 minutes, elle se tourne vers vous et l'interview commence. Une assistante viendra vous chercher pour vous accompagner jusqu'au salon de maquillage. Le plateau du JT est à côté, il suffit de traverser la régie.

Au fait, monsieur, euh…, Michel ? Oui, monsieur Michel ne pourra pas y avoir accès. Pour les directs, tout est sécurisé. Naturellement vous comprenez. À tout à l'heure.

Chapitre 13

Habituellement, deux ou trois élèves de la classe de seconde 4 sont rangés lorsque je me présente dans la cour, là où ils devraient tous se trouver. Aujourd'hui, une nuée invraisemblable s'agglutine face à moi. Chaque élève du lycée veut me parler de ces quelques minutes d'interview de la veille.
Écarlate, le proviseur surgit de son bureau, visiblement agacé par l'attroupement. À l'Éducation Nationale, on ne plaisante pas avec les groupes improvisés de jeunes. Ici comme ailleurs, pour la plupart des adultes, trois adolescents ensemble constituent déjà une bande de délinquants. Alors dans un établissement scolaire, la paranoïa est facilement de mise. Après moult gesticulations, les élèves semblent rejoindre leurs rangs. Le proviseur hurle après un surveillant qu'il accuse de manquer d'autorité et aussi après la professeure de sport, dont le seul tort est de travailler dans la cour.

Mes élèves sont plutôt calmes dans les couloirs. Je lis dans leurs regards une certaine impatience à m'interroger sur mon intervention télévisée.

- Monsieur, vous avez été trop fort hier soir à la télé, me dit Anissa qui ne peut plus contenir son moulin à paroles.
- Et pourquoi vous n'aviez pas le costard comme les autres de d'habitude ?
- Sacha Emona, elle est bonne en vrai ? s'exclame alors Brian dans son roucoulement narquois habituel.

- Très bien, très bien. Je fais l'appel et après, j'accepte de discuter de cette soirée peu banale pour moi. Mais chacun son tour. On lève la main avant de poser une question et gardez en tête que ce qui m'intéresse ici est le fond, pas la forme, même s'il faut parfois y prêter attention. Je t'informe donc Brian que je ne te dirai rien sur le physique de Madame Emona.

- Oh, trop nul, M'sieur !

- Pas d'absent ? Alors dites-moi d'abord ce que vous avez vu et pensé de l'interview. Maxime ?

- Ben monsieur, la patrie est en danger. Le Président, il est fou, il met même des coups de parapluie au ministre et la démocratie ne marche pas à cause des vieux. Alors vous voulez renverser le pouvoir avec une pétition et après vous demanderez aux internautes de vous élire à la place de Pissebleu, c'est ça ?

- Oui Maxime, à peu près, sauf à la fin. Je ne demande à personne de m'élire et d'ailleurs je ne suis pas candidat.

- Ah bon ? Pourquoi, vous faites ça alors ?

- Pour que les choses changent mais pas spécialement pour moi.

- En tout cas, M'sieur, la journaliste elle vous kiffe, non ?

- Tu veux parler d'estime ou de respect Nora. Difficile à dire. Elle fait son métier sans qu'on sache vraiment ce qu'elle pense. Elle ne pouvait ignorer, et les responsables de la chaîne avec, que ce coup de projecteur sur notre démarche était la meilleure des publicités pour nous. Désormais, la pétition fonctionne à plein et les participants à l'élection virtuelle s'annoncent nombreux.

- Elle a quoi comme vertu votre élection ? me demande Jérémy.

- Je n'ai pas parlé de vertu mais de virtuel, ce qui est totalement différent. J'utilise ce terme pour préciser que cette élection se fait par Internet. Le virtuel n'est pas concret mais peut potentiellement le devenir, comme l'arbre est virtuellement dans la graine.

- Et qu'est-ce qui va se passer si vous avez encore plein de signatures ?

- À vrai dire je ne sais pas…

- Vous passez à la télé mais vous ne savez pas comment ça va finir ?

- Mes chers élèves, si vous ne faites que des choses dont vous connaissez les résultats par avance, vous allez sacrément vous ennuyer.

- Oui, mais la politique, c'est sérieux quand même, alors vos petites graines et vos arbres…

- Bien sûr, mais en politique, l'anticipation est difficile, voire impossible. Nous tentons d'inverser une tendance régressive. Rien ne dit que nous y parviendrons.

- Moi Monsieur, je ne vois pas ce que ça peut changer vos flash'votes.

- Vos quoi ?

- Flash'votes. L'an dernier, on a procédé à un vote Internet pour désigner les représentants des jeunes au Parlement citoyen du département. Le vote par Internet, très bien, on s'est marré. Mais ensuite, rien ne s'est passé. Alors, je dis que votre truc ne sert à rien, juste à vous faire de la pub.

Chapitre 14

Dans le RER du retour, je me dis que j'ai passé une étrange journée, entre lumière et ombre, au lendemain de ce JT regardé par près de 7 millions de téléspectateurs.

Mes élèves. Oui, je crois bien que ce sont mes élèves qui m'étonnent le plus dans tout cela. Jamais je ne les aurai pensé si intéressés par la chose publique, par la politique. Les insolents, les casseurs, les voyous et autres sauvageons des classes surchargées de mon lycée de banlieue grise ont mille questions et aussi mille idées, quelques-unes probablement pas très bonnes, mais quel dynamisme. Pourtant, en politique, ils ne sont nulle part. La société qu'on façonne est leur avenir mais jamais on ne tient vraiment compte d'eux. Le cynisme du système éteint la flamme de la jeunesse d'un souffle.

- Aille, mais arrêtez, vous me faites mal avec votre parapluie !
- Ta gueule jeune con. T'as ce que tu mérites. C'est bien toi qui disait toutes ces âneries hier soir dans ma télé ? Prends ça et puis ça.

Merci du compliment. Je bondis hors du wagon. Voilà qu'un type de peut-être 80 ans a retrouvé toute sa vigueur pour me cogner dessus ! L'esquive ou la riposte ? Je suis plutôt esquive… Mais qu'est-ce qu'il me veut, franchement ?

Attendre le prochain RER ou bien marcher un kilomètre, la deuxième solution s'impose à moi. Allez, ça ne me fera pas de mal. Et de toute façon,

Claire ne sera pas encore rentrée. Les oreillettes de mon mp3 vissées sur ma tête, j'écoute les informations de 18h.

- ... Inès Préceau, d'abord pourquoi ce nom de groupe "Reinette" ?

- Je ne sais pas trop d'où vous le tirez mais si j'en crois le quotidien *Le Monde*, il s'agit d'un mot-valise pour désigner la Révolution par le Net, un peu comme l'était la foultitude chère à Victor Hugo, lorsqu'il croisait foule et multitude.

- Ce n'est donc pas vous qui avez choisi votre nom ?

- Euh, non. Enfin, un peu...

- Mais quels sont les objectifs de la Reinette ?

- Ils sont assez simples. La démocratie a été retirée aux citoyens et aux jeunes en particulier. Les solutions du 20e siècle sont en grande partie devenues les problèmes d'aujourd'hui. Puisant incessamment dans les vieilles recettes qui ne marchent plus, le personnel politique se montre incapable d'inventer demain. Il nous appartient donc d'initier des changements fondamentaux que les nouvelles technologies peuvent servir. Si elles ne peuvent favoriser un projet humain ambitieux alors, elles ne valent rien.

- Vous nous promettez le grand soir mais combien êtes-vous dans votre groupuscule ?

- Il n'y a pas de groupuscule, juste des gens qui veulent voir autre chose. Et si j'en crois les derniers chiffres de notre pétition, cela fait déjà plus d'un million. À ce stade, je ne suis pas certaine qu'on parle encore de groupuscule.

- Merci beaucoup pour ces précisions Inès Préceau.

- Euh, je voudrais juste ajouter que l'abstention grandissante à chaque scrutin électoral français a révélé la défiance qui s'est établie envers les élus : ces derniers ont perdu les canaux de communication avec la population. Notre action cherche avant tout à reconquérir les citoyens dans leur goût pour la politique. Le grand soir attendra encore un peu…

- Merci Inès Préceau et à bientôt…"

Devant le kiosque à journaux, je cherche du regard un exemplaire du *Monde* qui viendrait confirmer que je n'ai pas rêvé et qu'il s'agissait bien d'Inès à la radio. Effectivement, l'édito du *Monde* titre :

La Reinette veut-elle la peau du Président ?

Deux plateaux télévisés, des interviews sur les radios nationales, la première page du *Monde*… le succès médiatique de notre entreprise est prodigieux. J'achète le journal avec un sentiment d'inquiétude grandissant. Les tenants du système que l'on aimerait voir s'effondrer ne peuvent assister à leur chute sans rien faire. Avec la forte exposition médiatique, les ennuis devraient commencer sans tarder. D'ailleurs, les coups de parapluie…

J'arrive chez moi. Un grand gaillard me barre la route.

- Ah ! C'est toi Maxence ? Sous ton pépin, je ne

t'avais pas reconnu. Et je me méfie des parapluies désormais. Entre.

- Merci Pierre. Je suis là parce que la situation est grave. En comptant les députés et sénateurs de l'étranger qui se rallieraient à la pétition, nous disposerions, à deux ou trois parlementaires près, du nombre symbolique inscrit dans la loi pour obliger le gouvernement à soumettre les Français à référendum.

- Ah. Ah ?

- Tu comprends ce que ça veut dire ? Il y a du beau monde derrière nous.

- Ah.

- Arrête de dire Ah. Je te dis qu'on va peut-être foutre en l'air le Président et sa clique. Jusque-là, on est d'accord qu'il s'agit d'une bonne chose. Mais après ? Qui fait quoi ? Tu as l'âme du chef toi ?

- Je te rappelle que la loi dont tu parles n'a pas de décret d'application. Même si on réunit les signatures et un nombre suffisant de parlementaires, notre action reste symbolique. Elle peut provoquer des réactions, mais c'est tout. Tu as entendu Inès à la radio ?

- Oui et elle a trois autres interventions programmées en radio. Imed doit aussi parler sur France Culture. Ludo est le prochain à investir un plateau télévisé. Les demandes d'interviews et d'articles pleuvent. Je te dis que le feu a pris. Maintenant, il faut réfléchir à la suite. Tant que nous jouions notre petite pièce de théâtre façon artistes de gauche à la dérive, qui rêvent d'un monde idéal devant un petit public venu parce qu'il avait des places gratuites, tout allait bien. Pierre, nous voilà dans l'arène. Avec les lions. On remporte la victoire ou bien d'autres nous étriperons.

- Oui Maxence, entièrement d'accord avec ta vision réjouissante des choses.

- Entièrement d'accord ! Bon Dieu, tu n'as rien à proposer ? Quel est le plan ?

- Tu veux boire un verre ? Le plan passera mieux…

- Tu veux dire que tu n'as pas la moindre idée de ce qu'on va faire maintenant que ça s'emballe ? Merde.

- Un juron et ensuite un gros mot. Maxence, reprends toi. Nous pouvons toujours continuer ce que nous avions prévu au départ : une élection par Internet. Ce qui en ressortira en ressortira. Sinon, pour répondre à ta question de tout à l'heure, je ne me sens pas diriger la vie des autres. Participer à un mouvement collectif d'auto-administration, d'accord. Jouer au nouvel autocrate - et le risque est grand quand on s'approche du pouvoir - certainement pas !

- Tu as raison Pierre. Buvons un coup. De l'ivresse pour oublier l'avenir.

Claire s'annonce en poussant la porte d'entrée :

- Salut les gars ! Vous avez passé une bonne journée ? Ce soir, notre bleu Président s'exprime sur Tf1. On ne sait pas s'il va annoncer sa démission. Suspense.

Chapitre 15

Mes chers compatriotes, le lien qui m'unit à vous depuis que vous m'avez élu m'oblige à parler vrai. Comme vous le savez, la maladie m'a touché. Pour autant, elle ne m'a pas vaincu.

La médecine française, probablement la meilleure au monde, est en mesure de contrôler l'affection qui me touche pour me permettre de continuer à assumer ma tâche. Néanmoins, dans les prochaines semaines, il me faudra adopter un rythme de travail moins soutenu. Vous devez avoir confiance en l'équipe qui m'entoure et travaille sans relâche pour l'avenir de notre pays. Aujourd'hui, il n'y a pas de place pour la polémique politicienne. Nous devons être solidaires face à la situation difficile que traverse le pays. Pour terminer mon propos que j'ai voulu court mais clair, j'ajoute que je solliciterai ma femme pour assurer certaines missions qu'elle semble la mieux à même de mener dans l'intérêt général. Je vous remercie de votre attention et je vous dis à demain.

Je ne sais pas qui de Claire ou d'Inès parait la plus en colère. Que le Président refuse de démissionner, on s'en doutait. Qu'il s'en remette à son équipe semble logique mais qu'il décide d'octroyer à sa femme une partie de ses prérogatives est proprement scandaleux. Nos aimables féministes ne peuvent supporter qu'on donne du pouvoir à une femme, non pour sa valeur, mais uniquement parce qu'elle est l'épouse d'un homme qui en a.

Tandis que Claire, Caro et Inès fulminent en expliquant à Chloé pourquoi elles sont révoltées, le ministre de l'éducation Gérard Allegro apparaît à l'écran.

- Il ne manquait plus que lui ! s'exclame Berlu. Peut-être au moins va-t-il nous dire pourquoi le Président mettait des coups de parapluie au Premier ministre l'autre jour.

Monsieur Allegro est probablement le ministre le plus controversé du gouvernement. Issu de la droite catholique dure, ses positions réactionnaires ont séduit un temps. Une fois nommé, sa première déclaration a remis en cause la mixité des établissements scolaires, rien que ça. "La coéducation des sexes est une erreur pernicieuse", a-t-il martelé dans une réponse du Gouvernement à l'Assemblée Nationale, laissant une grande partie des élus médusés, y compris dans son propre camp. Quelques jours plus tard, ce pourfendeur de l'éducation laxiste a fait volte-face quand les révélations sur son homosexualité se sont ébruitées.

Ce n'est pas tant son goût des hommes qui dérange. Tout le monde s'en fout. Mais, une vidéo circulant sur le net le montre nu dans la rue de Vaugirard en plein coït. Le mini scandale en a fait la risée et aussi le souffre-douleur des médias. Allegro, sans panache et sans démission, traîne son fardeau en étant celui du gouvernement.

- S'il n'y a plus que lui pour monter au front, je crois que cela veut dire que le Président est cuit, dit Berlu en coupant le son.

- Combien de signatures ? demande Inès à Imed.

- Je crois que nous avons atteint le quorum. Plus de quatre millions. Merci Michel ! Sans toi l'autre jour, notre serveur rendait l'âme et tout serait parti en fumée, continue Imed.

- Et bien maintenant, il faut se tourner vers les parlementaires pour qu'ils portent symboliquement notre question lors d'un référendum d'initiative populaire. Maxence, d'autres informations ? ajoute Inès.

- Oui. Concernant la question à poser aux citoyens lors du référendum, celle-ci doit être précisément formulée pour réclamer des modifications dans l'organisation des pouvoirs publics. Notre pétition demande la démission du Président compte-tenu de son état mental. Il nous faut l'adapter au cadre législatif. Par exemple : un seul homme, faillible par nature, peut-il assumer toutes les fonctions attribuées actuellement au Président de notre République ?

- Tu veux remettre en cause le régime présidentiel de la Ve République ? Toi ? demande Ludo à Maxence.

- Il me semble que cela va dans le sens de notre démarche, non ?

- On va la faire cette révolution si les mous du centre deviennent des gros durs, se marre Berlu.

L'humeur est plutôt à la rigolade chez Imed et Caro. Comme le soir des discours présidentiels, nous sommes tous réunis, Michel en plus. Et ça change tout.

Michel est notre aîné de plus de 20 ans. Il a admirablement su naviguer pour réussir professionnellement. Sa capacité à sentir les choses, à anticiper les réactions des gens m'a toujours impressionné. Michel était au Maroc dans sa nouvelle famille lorsque notre aventure d'élection par Internet a vu le jour. Il a donc une vision suffisamment extérieure pour qu'elle soit lucide. Aussi, lorsqu'il a semblé vouloir prendre la parole en faisant "hum hum", tout le monde s'est tu.

- Mes enfants (il nous appelle souvent comme ça, sans condescendance), je ne veux surtout pas jouer l'oiseau de mauvaise augure mais je vais quand même vous livrer mes inquiétudes. Comme vous le savez, l'autre soir, j'ai accompagné Pierre jusqu'aux plateaux télévisés de Tf1. Enfin presque, puisque l'étage des studios m'a été interdit. Pendant l'émission, je me suis donc promené, en coulisse pourrait-on dire. Rien de plus intéressant que mon passage à la machine à café. L'attachée de presse du président du Conseil Général des Alpes Maritimes discutait avec un journaliste. Je ne sais pas exactement ce qu'elle faisait là. Elle expliquait que la Reinette, ce petit groupe de malotrus, il fallait le laisser gonfler, gonfler, gonfler comme un bœuf, avant de lui planter une banderille pour le faire exploser. Ce que j'ai entendu a confirmé mon sentiment. Si les médias ont relayé avec tant d'enthousiasme la pétition et le projet d'une élection d'un nouveau genre, c'est que les sphères de pouvoir le veulent bien et s'entendent sur cette question.

- Michel, tu vois la manipulation partout, lui dit Imed. Et l'aspiration générale à sortir du cercle politique infernal que nous connaissons ? Nous sommes l'étincelle, simplement parce que nous arrivons au bon moment pour utiliser les nouveaux médias.

De silencieuse, notre petite assemblée se fait désormais très crispée. Quelle que soit la situation, la vérité est souvent difficile à entendre. On préfère écouter sa propre petite musique interne, construite dans notre esprit pour nous réconforter…

- Je ne veux surtout pas casser l'ambiance, poursuit Michel. J'essaie juste de mettre de l'ordre dans ce qui arrive et il me semble que c'est un peu trop facile, toutes ces invitations à la télé, à la radio. Je suis désolé de voir le monde avec plus de cynisme que vous mais je ne crois pas au hasard, du moins à celui-là.

- Alors qui conspire pour notre bien ? demande Inès d'une voix acérée.

- Voilà la bonne question, répond Michel. Je voudrais juste que nous soyons tous conscients ici que certains observent notre démarche, beaucoup plus que vous ne le pensez. Pour l'instant, ils nous aident, mais ce n'est probablement pas pour voir notre projet aboutir. Il faut être vigilant. Nous pouvons à tout moment être étouffés… On ne sait pas quand ni comment et surtout ce sur quoi cela débouchera. Avez-vous réfléchi aux parlementaires prêts à mettre leur nom et leur signature au bas d'un texte qui les met en porte-à-faux vis-à-vis du Président de la République ? Croyez-vous vraiment qu'ils le font parce qu'ils trouvent sympathique notre petit groupe ?

- Tu l'as cassé l'ambiance finalement, dit Berlu.

Plutôt d'accord avec Michel, je lui demande ce qu'il a dans ses manches comme carte à jouer :

- Si tu nous as parlé maintenant de tes inquiétudes, tu dois bien avoir une parade ?

- Hélas non, Pierre.

- Comment ça ?

- J'ai des craintes, continue Michel. Je pense qu'elles sont fondées. Je ne sais pas ce qui pourrait protéger notre projet. Je n'ai pas la moindre idée d'où viendront les coups. Mais il y en aura.

Imed, passablement agacé s'exclame :

- Le discours, le vote, la pétition, personne n'y croyait vraiment. On a travaillé d'arrache-pied nuit et jour pour un résultat au-delà de nos espérances. Maintenant qu'on touche au but, toi qui n'étais même pas là quand on s'est lancé dans cette aventure, tu joues les Cassandre.

- N'oublie pas que les prédictions de Cassandre, aussi terribles soient-elles, se réalisèrent… Je ne voulais pas semer le trouble, ni freiner les ardeurs mais avertir, ajoute Michel. Les amis, souvenez-vous de la balance des pouvoirs chère à John Locke. Quand on essaie de peser d'un côté, il faut se méfier des retours de manivelle en provenance de l'autre.

La soirée se termine en diatribes plus ou moins philosophiques sur le contrat social en France et quelques paroles en l'air.
La pétition a atteint le seuil de 4,5 millions de signataires. Les parlementaires sont nombreux à s'être rangés derrière l'appel à la démission du Président. D'ailleurs, les interventions télévisées de ses chiens de garde n'ont pas la moindre efficacité.
Pourtant, ce soir-là, les regards interrogateurs se croisent au moment de se dire au-revoir. Un goût amer, l'impression que la partie à peine commencée nous échappe déjà...

Chapitre 16

- Claire. Claire ! L'ordinateur est encore détraqué.

- Tu es certain ? Hier soir, tout fonctionnait.

- Je n'arrive pas à me connecter. Rien qui ne m'agace davantage.

- Calme-toi. On déjeune et je regarde. Tu as essayé de tout débrancher ?

- Oui. Maintenant, je crois que je vais le jeter par la fenêtre ! J'ai une énorme envie de meurtre technologique ! Argh !

Outre le fait de payer ce truc qui ne marche pas, ce qui m'énerve le plus est de m'apercevoir à quel point j'ai besoin de cette saleté de machine dès le matin, pour tout comme pour rien.

- Voilà du café, des petites tartines avec la confiture de belle maman. Zen, mon amour… Tiens, pour te détendre, je vais te raconter ce qui est arrivé à Chloé.

Avant-hier, elle est allée à l'enterrement de son ancien patron, tu sais, celui du salon de coiffure où elle était apprentie. Mort subitement. Julien lui avait proposé de l'accompagner. Ils se retrouvent devant Saint-Eustache, pénètrent dans l'église. Il n'y avait pas grand monde mais comme ils étaient un peu en retard, pour n'obliger personne à se lever, ils se mettent au deuxième rang, au milieu de la famille. Pendant la cérémonie, Chloé se retourne plusieurs fois pour essayer de localiser ses copines qui devaient aussi venir. Impossible. Elle prévoyait de leur présenter Julien et comme elle les avait eues au téléphone juste avant, elle était surprise de ne pas les voir. Pas moyen non plus de repérer la femme du défunt. Tu te souviens, celle qui était à la caisse, les cheveux un peu rouge, façon roumaine des années 80. Pas grave, sauf qu'à la fin, impossible de se soustraire au signe de croix devant le cercueil. Toute la famille éplorée regarde les gens se succéder. Julien, juste devant Chloé, se présente pour accomplir le rituel, pas vraiment à l'aise. Il regarde au milieu de la couronne déposée sur le cercueil. Stupéfait, il lit :

À ma mémère, forever.

Julien se retourne alors vers Chloé en s'esclaffant, mettant sa tête dans son épaule pour masquer son début de fou rire.
- C'est quoi cette connerie ? je demande à Claire en l'interrompant. Il était un peu efféminé ce coiffeur mais quand même, sa femme ne peut pas avoir mis ça.
- Attends. Chloé ne s'est pas démontée, elle s'est signée à son tour, a fait un mouvement en direction de la famille et après, elle est même allée mettre un mot sur le cahier des condoléances du style : "*Tes demi-queue, va-et-vient de brosse et saturations de bigoudis nous manqueront à toutes*". Sur les marches de la sortie, Chloé scrute pour voir un peu si ses copines sont là. Rien. Mais elle a pleins de messages. Le premier est de Jasmine qui lui

demande ce qu'elle fout et pourquoi elle n'est pas à l'église…
Chloé s'est juste trompée d'enterrement ! Il avait lieu à Saint-Germain. Apparemment, Julien était pantois. Avec Chloé, il va apprendre le flegme... Enfin, tu vois, y'a pas que les ordinateurs qui déconnent !
- Claire, ton téléphone sonne je crois.
- Le tien aussi, non ?

Chapitre 17

Je me souviens qu'à l'époque du Printemps arabe, Hillary Clinton avait déclaré : "Le web est un formidable moyen d'exportation de la démocratie". Je me rappelle également avoir lu un article de presse qui se demandait si Internet était au service des peuples. Le journaliste concluait sur une gouvernance du web déjà très centralisée, pas vraiment un moyen d'expression destiné à libérer le citoyen de ses chaînes.

Quand Imed a appelé Claire tandis que Michel me téléphonait pour me dire la même chose, l'espace démocratique d'Internet, dans lequel je croyais encore un peu, s'est considérablement amoindri.
Une panne fallacieuse comme prétexte, Orange verte, l'entreprise ayant la mainmise sur le réseau des télécommunications françaises, a tout simplement stoppé le haut débit Internet sur tout le territoire. Michel m'explique comment une équipe travaillant pour le gouvernement depuis des mois a réussi à mettre au point une sorte de bouton rouge pour arrêter le fonctionnement en réseau des ordinateurs. Plus rien. Sauf peut-être pour les quelques chanceux utilisant habituellement le bas débit ou des liaisons satellites particulières.

- Lorsqu'il sera décidé en haut lieu de relancer le haut débit, certains nœuds informatiques, indispensables au développement des réseaux sociaux, auront probablement disparu, me précise Michel. Il y a fort à parier que notre pétition se sera volatilisée et notre portail Internet avec. Le coup porté est puissant. Je ne sais s'il est tourné contre nous mais il pourrait être décisif, dit Imed à Claire.

- Le cyber-état d'urgence, il fallait y penser !

Se sentant menacé, l'entourage du Président n'aura eu qu'à presser un petit bouton pour tout éteindre... ou presque puisqu'il reste quelques communications téléphoniques.

À la télévision, les séries habituelles sont là mais les journaux télévisés ont été remplacés par des films ou des magazines sur les animaux. Incroyable.

Internet ne fonctionne pas sur mon ordi, je comprends. Mais pour les journaux télévisés, je me demande ce qui bloque. Claire m'explique que désormais, toute l'information qui sert les journalistes passe par le net. Pas de réseau, pas d'information, pas de journal TV. C'est aussi simple que ça.

- Pour savoir un peu ce qui se passe, il faut aller regarder nous-mêmes, me propose Claire...

Apparemment, nous ne sommes pas les seuls à avoir cette idée. Une foule considérable est massée sur les trottoirs et aussi sur les rues, les petites, et les boulevards. Place d'Italie, un rassemblement spontané se tient. Chacun scrute. La parole se libère progressivement. Des petits groupes de discussion se forment çà et là. Mais pour dire quoi ? Pour s'interroger. Quelqu'un peut-il nous parler de ce qui se passe ? Maintenant, même les conversations téléphoniques et les sms sont saturés. Plus rien. Il y a un peu de colère dans les rangs mais pas trop :

- Moi, ça ne marche plus.
- Ils vont me rendre fou !
- On nous prend pour du bétail !
- Il est beau ton smartphone en carton.
- Allons vers les ministères !
- … à 17 heures ? Il n'y aura personne…

Trois heures plus tard, la foule s'amenuise. Les gens rentrent chez eux, persuadés qu'ils n'apprendront rien de plus que ce que la télévision voudra bien leur servir. Un drôle de calme s'établit dans les rues.

À peine allongée sur le lit, Claire s'endort, les traits du visage détendus.

Chapitre 18

Je n'ai pas très bien dormi, ce qui est très rare.

J'ai eu beaucoup de mal à sortir cette curieuse situation de ma tête, formulant mille hypothèses. Je me suis souvenu d'un livre, posé un peu trop à la hâte dans un placard, sur la compatibilité entre Internet et la démocratie : *Le consentement des connectés*. Je n'ai pas résisté à le feuilleter du fond de mon lit. Il évoque la souveraineté du cyberespace. On peut y lire : "Un gouvernement, assisté par une grande entreprise technologique occidentale, n'éprouverait guère de difficultés à utiliser l'outil Internet pour la censure et la surveillance". Intéressant programme nocturne.

Ce matin, musique à la radio, pas plus d'information sur les chaînes télévisées et Internet toujours bloqué. J'ai les idées un peu plus claires mais je ne parviens pas à comprendre pourquoi le gouvernement s'est lancé si brutalement dans une coupure des principaux moyens d'information. A priori, il est équipé pour entreprendre une censure plus raffinée, moins visible. Là, pas besoin d'avoir fait l'ENA pour saisir que l'entourage du Président a monté son coup pour freiner les velléités des potentiels successeurs du maboul de l'Élysée. Je ne sais pas si les autres adversaires sont touchés mais pour nous, notre pétition et par suite l'élection 2.0 que nous avions prévu bat de l'aile.

Le mercredi, je ne travaille pas. Dernier privilège des professeurs que d'avoir du temps libre. Claire doit assister à une conférence sur les réseaux sociaux et le marketing viral web organisée par Gougueule, le géant américain de l'Internet, en partenariat avec HEC, le fleuron français des écoles de commerce. Elle me propose de l'accompagner.

Quand il est trop question de management et de business, les poils se dressent un peu sur mes bras et me vient une légère irritation qui se traduit bientôt par une toux erratique… Mais la perspective de passer la matinée avec Claire m'enchante.

À peine dans la rue, une étrange sensation nous envahie. Claire n'a pas besoin de me parler, son regard me suffit. Je sens comme elle que la marche habituelle des choses est perturbée. Je passe à la boulangerie prendre trois pains au chocolat. Un pour Claire, deux pour moi, comme d'habitude. La vendeuse me dit gentiment :

- Désolé, aujourd'hui, on ne vend rien.

Je ressors de la boutique très perplexe et surtout contrarié par les cris persistants de mon estomac.

- Les métros ne circulent pas, me dit Claire. On s'y rend à pied ? Il faut 30 minutes pour rejoindre l'Amphi de la Porte de Champerret, poursuit-elle.
- Va pour la marche. Du moment que je suis avec toi. Sur le chemin, trois petits pains au chocolat nous feront bien l'amabilité de se joindre à nous. Les kiosques à journaux ont également le ventre vide. Les voitures brillent par leur absence. La journée promet d'être riche en surprises.

- Non Monsieur, je ne prends pas de voyageurs.
- Ah bon ? Vous attendez quoi alors avec votre bus ?
- Moi Monsieur, ça fait 24 ans que je fais la ligne 3 ou la 7 et aujourd'hui comme tous les matins, j'attends qu'on me dise ce que je dois faire. La boite à horaires ne marche pas et personne ne répond au centre de contrôle. Alors j'attends.
- Vous allez attendre longtemps comme ça ?
- Le temps qu'il faudra monsieur.
- Eh ! Restez pas là à mourir de faim si personne ne vous dit de bouger. Bonne journée quand même…

Claire échafaude une intéressante hypothèse. L'organisation quotidienne de la vie parisienne est énormément bouleversée, probablement plus que ce que n'avaient prévu les responsables de cette coupure. Les différentes chaînes de commandement, d'achat et de distribution sont rompues. Le boulanger est sans sa farine. Le chauffeur de bus ne sait pas quand il doit démarrer et ainsi de suite. Les aéroports de Paris ne peuvent avoir pris le risque d'un crash. Les avions somnolent au sol…
L'ensemble de la machine est grippé, un peu comme s'il y avait une grève, une grève sans revendication, une drôle de grève, qui pourrait se mettre hors de tout contrôle.

Je suis tout de même stupéfait qu'il ait fallu moins de 24 heures pour en arriver à ce stade. Les choses s'arrangent un peu puisque je trouve des pains au lait chez un boulanger.

- Des sacs de farine et du beurre, j'en ai pour des mois en dessous dans la réserve mais le chocolat, je devais être livré hier… Alors pour les pains au chocolat, il faudra attendre que la clique du petit Pissebleu se remette au travail ! râle le boulanger à chaque nouveau client.

Et dire que je croyais que tous les artisans de notre pays avaient voté pour ce funeste Président…

Quand nous arrivons avenue de la Porte de Champerret, les camarades de Claire patientent calmement devant les grilles de la Chambre de Commerce et d'Industrie. Inutilement, car le système de sécurité d'ouverture du bâtiment est commandé par Internet. Fermé. Pas de conférence.

- Une multitude d'objets fonctionnent grâce au réseau. Super… quand ça marche, remarque un ami de Claire. À l'avenir, il faudrait peut-être réfléchir à ce qu'on laisse sous contrôle des machines et ce qu'on veut préserver comme des prérogatives humaines...

L'occasion est bonne d'échanger avec les autres pour savoir ce qui se passe, pour discuter de la place des nouvelles technologies dans notre quotidien. Positive ou négative, l'impression dominante est celle de subir les événements.

Sur la situation du jour, rien de concret. Personne ne sait vraiment ce qui est en train d'arriver. Pour des élèves journalistes d'une école parisienne, la situation est ubuesque, touchant à la frustration. Ici, l'information se vit comme une addiction. Ne pas savoir va rapidement les rendre tous irritables ! Au téléphone, toujours pareil, il faut tenter sa chance plusieurs fois avant d'espérer joindre son correspondant. Lignes saturées. Les sms sont quasi-impossibles à envoyer, ou plutôt à recevoir. La seule chose qui a pu être vérifiée concerne la province : la situation est similaire. La coupure du net se traduit par cette étrange grève un peu partout dans le pays et pour l'instant, se dégage comme un sentiment de nouvelle solidarité.

Nous allons essayer de rejoindre Chloé et Julien. On devait se retrouver vers 13 heures devant la Maison de la radio, côté Seine.

La moitié de Paris à retraverser dans l'autre sens.

Chapitre 19

Devant la Maison de la radio grouille une foule considérable. Il s'agit essentiellement de gens venus spontanément pour avoir des informations. Ils ont misé sur cet endroit, au cœur des confluences médiatiques.

En dépit de l'affluence, nous parvenons à rejoindre Julien et Chloé sans trop de difficultés. Julien a pris soin de prendre un thermos de café, des tasses et quelques sucreries qu'il nous propose de partager. À trois aimables badauds avec qui il a engagé la conversation, il offre aussi un peu de boisson chaude.

Un journaliste dont le nom m'échappe nous croise.

- Chloé ! Comment vas-tu ?

Chloé travaille pas très loin d'ici. Elle connaît la moitié des journalistes de France Inter pour les avoir coiffé.

- Très bien et toi ?
- Tout le monde est à cran. Rien ne filtre, on est dans l'ignorance. On ne sait pas d'où vient le coup. Les gars du gouvernement nient en bloc et ça a l'air presque sincère. Ils sont persuadés qu'avec cette censure d'Internet, les rumeurs ne font que s'amplifier… et comme les rumeurs leurs sont contraires, ils paniquent plus qu'autre chose.

Claire, qui semble également connaître ce journaliste, lui demande à quand remonte sa dernière conférence de rédaction et si une autre doit se tenir dans les prochaines heures.

- On fait le point régulièrement mais pour l'instant, ça ne sert pas à grand-chose, lui répond-il. On a très peu d'informations et de toutes manières on ne peut pas les diffuser. Trois collègues sont partis sur différentes pistes pour essayer de trouver les origines de la coupure du net. Pas de nouvelles. Ah ! Mais vous faites partie du groupe de la Reinette, non ? Je peùx vous laisser mes coordonnées ? Dès que tout aura repris son cours, il faudra absolument que l'on se parle.

- Et si ça ne reprend pas son cours ? demande Claire.

- À voir le monde qu'il y a dans les rues et la pagaille qui va crescendo, je mise sur un prompt rétablissement... pas du Président, bien sûr, sourit le journaliste d'un air entendu.

- Et la foule, elle pourrait devenir plus agressive ? interroge Claire.

- Peut-être, répond d'un ton philosophe le journaliste. Des français qui se mettraient d'accord comme ça, sans heurt et sans grève, après ce qui vient de se passer, je n'y crois pas trop et vous ?

- Se mettre d'accord sur quoi ? demande Chloé qui pour une fois a vu juste.

- Avant le black-out du net, reprend le journaliste, décidément très bavard, vous n'avez quand même pas oublié que notre République battait de l'aile, ou plutôt qu'elle n'avait plus de pilote… Les gens sont dans la rue et s'interrogent parce qu'ils essaient de faire le lien entre la maladie du Président et ce qui arrive maintenant. Chacun d'entre nous cherche un signe qui permettrait d'expliquer, d'interpréter… Voilà l'info : la machine médiatique à l'arrêt, les gens s'emparent de l'espace libéré, celui de l'échange, de la communication, de la démocratie. Euh, je m'emballe un peu. Je vous laisse. On se revoie… pour parler de votre idée de nouveau mode de scrutin, bien sûr.

- Un peu moqueur votre beau journaliste ? demande Julien, une fois celui-ci éloigné. Il vous félicite pour votre nouveau système d'élection par Internet quand justement Internet ne fonctionne plus !

Chapitre 20

- Le Président démissionne. Pierre. Réveille-toi. Il démissionne !

- Claire ! Il est ? 6 heures du matin…

- Tu m'as entendu ? Il démissionne. Remue-toi.

- C'est pas une heure pour faire des trucs pareils. Il nous aura emmerdé jusqu'au bout celui-là.

- Le journaliste d'hier, il vient de m'appeler. Il y a eu des émeutes toute la nuit. Des groupes ont fait semblant de manifester spontanément sur les Champs-Élysées et hop, en trois minutes, ils ont envahi la rue du Faubourg Saint-Honoré, entre la rue Royale et celle de La Boétie.

- Ils l'ont réveillé brusquement aussi ?

- Le Président n'était pas dans ses appartements de l'Élysée mais le secrétaire général l'a vite appelé pour lui dire que s'il n'intervenait pas, sa résidence serait rapidement saccagée, sans parler du reste. Mouillefarine est arrivé en hélicoptère. Il a juré qu'il n'était pour rien dans la coupure des communications web et a ajouté que des élections anticipées auraient lieu dans 37 jours. Il a appelé au calme et en attendant le prochain scrutin, il a confié ses prérogatives au Président du Sénat, comme le veut la Constitution.

- C'est du bluff ?

- Non pourquoi ? Enfin, je n'en sais rien. Tu te lèves ?

- Pour quoi faire ?

- Internet fonctionne normalement.

- Tu plaisantes aussi ?

- Va voir.

- Et pourquoi le journaliste t'as appelé comme ça, si tôt ? Tu le connais bien ?

- Non. Je l'ai juste eu en cours deux ou trois fois. Il m'a dit qu'il fallait absolument que les forces vives du pays soient informées et prêtes à réagir et que c'est pour cela qu'il m'appelait si tôt. Il craint un coup d'état. En tout cas, il veut discuter dans les prochains jours avec nous.

- Avec qui, nous ?

- Notre groupe, la Reinette quoi.

- Au moins je pourrai lui dire que réveiller les bonnes gens en pleine nuit, ça n'empêche pas les coups d'état. Bon, je me lève... Je vais lire mes messages.

Chapitre 21

Encore quelques secondes, le temps que mon ordinateur s'allume et enfin, je me connecte. Deux jours entiers sans écran. Quelle fébrilité ! J'inspire profondément : je peux assouvir mon addiction. Une fenêtre ouverte pour consulter mes mails, l'autre sur le titre de la première page du *Monde* en ligne :

"Au revoir Président. Bonjour démocratie".

À la suite d'une nuit d'émeutes dans toutes les grandes villes de France et de la prise de l'Élysée à Paris, François de Mouillefarine, 9ᵉ Président de la Vᵉ République, a démissionné de son mandat à la tête de l'État…

La nuit a bel et bien fait son travail mais je reste très sceptique sur cette démission soudaine.

Même si les soupçons de fraude et de financement occulte du parti du Président ont entaché son élection, il était tout de même parvenu au pouvoir démocratiquement. Alors maintenant, le laisser filer de la sorte ?

Aucune résistance ne semble s'être opposée à la vague de violence qui est montée peu à peu jusqu'à cet assaut de l'Élysée. Et ce titre de journal ? La démocratie naîtrait de la loi du plus fort ! Étranges médias.

- Claire ? Tu ne trouves pas ça bizarre que Mouillefarine ait tout lâché aussi vite ?

- Il avait déjà un genou à terre. La pression était énorme. Cette solution était la plus facile pour lui.

- Michel m'a envoyé un message. Il passe avec les croissants. Je lui dis que tu préfères les pains au chocolat ?

- Ah, je crois que c'est lui qui sonne. Laisse tomber le sms. Tu vas lui ouvrir ?

J'ai du mal à contenir mon envie de rire en ouvrant la porte à Michel. Et pour cause, mal rasé, la barbe grisonnante et l'œil noir, il ressemble vraiment à Ben Laden, le turban sur la tête en moins. Les gars de Tf1 avaient un peu raison l'autre jour. Je me garde bien de le dire à Michel, qui n'est pourtant pas susceptible. Avec quelqu'un qui n'a jamais été beau, les blagues faciles sur le physique des uns et des autres sont rarement les meilleures.

- Tu as l'air enjoué Pierre, répète plusieurs fois Michel d'une voix qui déraille sans cesse, en bon fumeur du matin. Les actualités du jour t'égayent ?

- Un peu oui.

- Ne nous réjouissons pas trop vite. Qui sait ce qui vient. Enfin, côté bonnes nouvelles, tu as vu que la pétition est toujours en ligne avec plus de 5 millions de signataires ? Et le portail de l'élection présidentielle 2.0 aussi.

- Incroyable !

- Tu l'as dit. Les affaires reprennent après deux jours de repos forcé.

Claire sort de la salle de bains pour se joindre à nous. Ce visage rayonnant, renouvelé chaque matin, m'étonne et me réjouit quoi qu'il advienne ensuite. Michel semble intercepter mes pensées :

- Le bonheur quotidien est la plus belle invention de l'humanité.

- Oui, ça donne à réfléchir, je lui réponds.

- Tu as de nouveaux projets ? me demande Michel.

- Non, je dirais plutôt que ce sont les anciens qui s'estompent.

- Tu ne m'as pas trop parlé de tes oraux de l'ENA.

- Justement, plus j'y réfléchis et plus je m'interroge. En dehors du surplus d'orgueil que procurerait un passage par l'ENA dans mon cursus, je me demande si le jeu en vaut la chandelle. Choisir le bonheur personnel et anonyme d'une vie tranquille est peut-être plus ce dont j'ai besoin que de servir l'intérêt général, au risque de me démonter au travail.

- Tu as bien un calcul à faire, Pierre.

- Je crois que je l'ai repoussé avec ma très médiocre prestation au grand oral.

- C'est l'équation d'une vie qu'il te faut chercher à résoudre, avec tout ce qu'elle comporte d'inconnues. En prenant de l'âge, tu verras, les choses deviennent plus simples. Disons que l'éventail des choix se rétrécit.

- À condition de ne rien avoir à regretter, hein Michel ?

- D'habitude, la philosophie de comptoir est

réservée aux fins de soirées arrosées. Vous commencez dès le petit matin maintenant ? nous interrompt Claire gaiement.

- Tiens, je t'ai pris des pains au chocolat, tu les préfères aux croissants, non ?

Je me dis que ce Michel a beaucoup de mémoire en plus d'être aimable. Un chat habile et affectueux qui retombe toujours sur ses pattes.

Chapitre 22

- Allô ? Euh, c'est Julien…
- Bonjour, comment vas-tu ?
- Ça va. Je peux passer vous voir pour le café à midi ? Je voudrais discuter un peu avec vous.
- Bien sûr ! Quelque chose ne va pas ?
- On en parle tout à l'heure. Claire aussi sera là ?
- Oui, enfin, je crois.
- Alors à plus tard.

Je raccroche. Claire m'interroge du regard.

- Julien passera pour le café. Il avait l'air tout chose.
- Qu'est-ce qu'ils ont tous aujourd'hui à venir nous voir ? me dit Claire en venant me rejoindre sur le sofa. Ils ne veulent pas nous laisser un peu seuls, juste tous les deux…
- Il n'est que 10 heures. Profitons-en.

Je ne souhaite pas partager les moments qui suivent, je veux juste dire qu'ils sont particulièrement agréables…
Plus tard, nous déjeunons devant le journal télévisé de la mi-journée, probablement en raison du sevrage d'information que nous venons de vivre, et surtout de la délectation que procure le spectacle de l'effondrement de Mouillefarine.
Les déclarations des politiques se succèdent. Même les plus modérés tiennent des propos d'une violence inouïe à l'égard du Président déchu. Il y a comme une surenchère. Plutôt facile d'achever la bête. Dans

le camp de Mouillefarine, les rares édiles à bien vouloir répondre aux questions des journalistes sont tout aussi féroces :

- *"un homme fini, sans courage et sans vergogne, qui a mené le pays droit dans le mur..."*

Et là, rompant la succession de commentaires, le journaliste reprend la parole pour présenter - si besoin est, dit-il - la Reinette, ce groupe politique original qui monte :

Le succès hexagonal de cette entité mal définie s'est mesuré avec la pétition lancée sur le net pour la démission du Président et le processus en cours d'une nouvelle élection. Les membres de Reinette n'ont pas voulu réagir immédiatement à la chute du Président, laissant au peuple "le plaisir de savourer sa victoire", selon les propres mots de l'une de ses représentantes. Après ce premier succès à mettre au compte de ces nouveaux activistes du net, inutile d'ajouter que pour les internautes, le premier tour de l'élection web 2.0 qui s'annonce la semaine prochaine déchaîne les passions. Serez-vous parmi les candidats présents au second tour ?

- J'hallucine. Il nous fait 5 minutes de publicité en plein journal TV ! J'appelle Inès pour savoir un peu où on en est.

- Inès ?

- Tu tombes bien Pierre, j'allais t'appeler. Ça se gâte sérieusement. Notre site...

- Tu plaisantes j'espère ? Tu as regardé le journal de Tf1. D'habitude, ils ne parlent que des moutons ou du dernier forgeron de Lozère, et là...

- Le problème est qu'on ne contrôle plus vraiment le site des élections. On est court-circuité.

- Il ne fonctionne plus ?

- Si, mais de temps à autre il y a des intrusions sur le panneau de contrôle. Imed a changé les identifiants, utilisé un nouvel ordinateur, rien n'y fait. Il est avec deux copains hackers, ils essaient de trouver l'origine de la faille. En tout cas, ça à l'air sérieux. Ils disent que c'est du très haut niveau.

- C'est-à-dire ?

- Ils trouvent ça génial. Ils ne font que répéter "trop fort" ou "trop cool"... Euphoriques. Moi les informaticiens, je ne les comprends pas. On se fait pirater et il n'y a rien qui les amuse davantage. Depuis plus de deux heures, ils sont vissés sur leurs écrans et quand on leur demande quelque chose, ils n'entendent même pas. Ils vivent sur une autre planète.

- Bon, écoute Inès, Julien passe nous voir dans quelques minutes. On vous rejoint ensuite.

- Oui, venez au moins pour me remonter le moral.

- Ne t'inquiète pas...

- Tu plaisantes ! Ceux qui piratent notre site n'ont plus qu'à se servir ou mettre en ligne publiquement les données de tous les gens qui nous ont fait confiance. On est K.O. Pierre, tu m'entends ?

Chapitre 23

- Salut Julien. Pas trop mouillé ?
- Non, j'ai un bon parapluie. J'en ai même prêté un coin à Chloé.
- Vous connaissez la chanson…

Un p'tit coin d'paradis,

contre un coin d'parapluie,

je ne perdais pas au change, pardi.

- Oui. Toute la poésie du 20e siècle.
- Café ?
- Volontiers. Bien serré pour moi, avec ce que j'ai à vous dire, ajoute Julien.
- Chloé ?
- Oui, pareil.
- Dis-moi Chloé, tu n'as pas l'air dans ton assiette.
- C'est de ma faute, coupe Julien. Je ne sais pas trop comment vous présenter les choses…
- Comme elles sont, lui répond calmement Claire.
- Oui, c'est ça, comme elles sont… rétorque Julien, des trémolos dans la voix. Ben voilà. Hier en fin d'après-midi, j'étais chez mon père. Il a du matériel informatique et vidéo très haut de gamme et il ne s'en sert jamais, alors je l'utilise régulièrement. On a plutôt de bons rapports, enfin jusqu'ici. Quand je suis arrivé, mon père était assis avec cinq autres gars du parti.

- Ouais, toujours pas de place pour les femmes, dit Claire en souriant.

La mine déconfite, Julien ne s'arrête pas une seconde sur la remarque et continue :

- Je n'ai pas tout de suite compris de quoi ils parlaient. Ils disaient qu'il ne restait plus qu'à se baisser pour ramasser le fruit mûr. Je n'écoutais pas vraiment. Des années à entendre parler de politique à la maison… mon cerveau se rétracte presque instinctivement lorsqu'il est question de gouvernement, de négociations, de tactiques… Et puis, l'un d'eux a pris la parole, je n'ai pas vu lequel puisque je quittais le salon où ils se trouvaient. Il a affirmé que comme prévu, la Reinette était sous contrôle. Un allié providentiel qui a réagi parfaitement en tous points les jours précédents, a-t-il poursuivi. Mon père a alors ajouté que même s'il avait des sources de premier ordre pour savoir ce que faisait ce groupuscule, il serait bon de verrouiller de ce côté-là. J'ai ensuite reconnu la voix de ce vieux bandit de Fabiola répondre que le site était déjà entièrement entre ses mains, en toute discrétion.
- Attends Julien ! Tu es en train de dire que notre petit jeu est instrumentalisé et que ton père se sert de toi pour savoir ce qu'on fait ?
- Ce n'est pas tout, s'efforce de continuer Julien d'une voix quasi-imperceptible. Je suis allé bidouiller une vidéo dans la pièce à côté mais je ne parvenais pas à me concentrer, crispé par ce que je venais d'entendre. J'ai patienté un

moment jusqu'à ce que mon père soit seul et je suis allé l'interroger.

Voilà à peu près ce qu'il a bien voulu me dire : dès l'annonce de la maladie de Mouillefarine, persuadé qu'une nouvelle élection présidentielle était inévitable à court terme, mon père a mis en place une cellule de plusieurs conseillers, spécialistes des usages d'Internet, afin qu'ils élaborent une stratégie pour la future campagne.

Apparemment, le point de départ de leur réflexion est assez simple : depuis plusieurs années, le petit peuple du web se complaît dans la distraction permanente. Il fait ses courses, partage ses photos humoristiques et participe aux jeux sociaux. Internet est le lieu où peut s'exprimer la créativité populaire et se partager des contenus étonnants, dérisoires ou marrants. C'est tout. Compte-tenu du temps, relativement court et peu maîtrisé, destiné à la campagne présidentielle qui s'annonçait, la course au peuple égaré du web à des fins politiques était perdue d'avance. En revanche, s'appuyer sur quelques bons coups du net, faire du marketing politique viral élaboré à partir des buzz du moment, voilà l'idée.

Un jour, j'ai parlé de vous de manière fortuite à mon père. C'était surtout pour lui annoncer ma rencontre avec Chloé. Ce n'est pas tombé dans l'oreille d'un sourd… Il a mis ses conseillers sur la piste. La page du portail pour une élection présidentielle par Internet est tombée sous leurs yeux : une aubaine. Ils ont alors contacté des pirates du net, "les hackers d'Anonymous". Ces

derniers n'avaient qu'une envie : en découdre avec le pouvoir en place. L'équipe de mon père leur a offert quelques promesses de téléchargements autorisés s'il était élu et ils ont rejoint son camp. Alors, ils ont commencé à allonger des noms bidons sur votre pétition, puis mis sur orbite médiatique la Reinette. Ce sont eux qui ont soufflé le nom du groupe à un journaliste du *Monde*. Ensuite, avec l'aide du patron d'Orange verte, un vieux copain de promo de mon père, et de l'autorité de régulation des communications électroniques, provoquer la panne Internet n'a été qu'un jeu d'enfant.
- Comment ça ? Ce n'est pas l'entourage du Président qui a fait le coup pour jouer la montre ?
- Non, c'est le camp de mon père, beaucoup moins préparé à une élection anticipée, qui avait le plus besoin de temps pour mettre en place son plan de campagne et ses relais dans certaines villes. Cerise sur le gâteau, en prenant la maîtrise du temps électoral, le discrédit était jeté sur Mouillefarine et tous ceux qui l'entourent de près ou de loin, notamment sa femme.
- Il descend de Machiavel ton père !
- Oui, surtout qu'il va arriver en tête du premier tour de votre élection…
- Quoi ?
- Cela fait partie de sa stratégie globale d'influence, m'a-t-il dit. Ses conseillers pensent que cela donnera une première image de vainqueur qui devrait agir ensuite sur les tendances de la vraie élection. Voilà, je crois que je vous ai à peu près tout dit.

- Pas tout à fait, dit Chloé, muette comme jamais jusque-là.

- Chloé, même si je t'en ai parlé, ce que j'ai dit ensuite à mon père ne regarde que moi. Je suis désolé si par ma faute votre aventure est mise à mal.

- Julien, ce n'est pas la peine de t'excuser. Tu n'as pas à endosser les mauvais coups de ton père à notre égard. Tu as toujours été très sincère et nous sommes ravis de t'avoir avec nous. Pas vrai Chloé ? dit Claire pour venir en aide aux deux tourtereaux en détresse.

Chloé vient d'abandonner sa pâleur inquiétante. Du coup, elle retrouve aussi la voix :

- Ouf ! J'avais peur que vous en vouliez à Julien et un peu à moi aussi, de l'avoir introduit dans nos soirées. Vous ne croyez pas qu'Inès, Noa et même Imed nous en voudront davantage ?

- Ne t'inquiète pas pour ça Chloé, j'ai eu Inès tout à l'heure. Elle est entièrement absorbée par les pirates qui ont attaqué notre site. Je ne crois pas, même après ces révélations, qu'elle verra dans Julien le commanditaire de tous nos déboires informatiques.

D'ailleurs, j'ai promis qu'on passait à l'appartement d'Imed et Caro d'ici une heure ou deux. Vous venez aussi ?

Chapitre 24

Nous partons tous les quatre chez Imed et Caro. À quelques pas de l'immeuble, nous trouvons Ludo, Maxence et Berlu qui se joignent à nous. Avec les travaux dans la rue, nous sommes obligés de nous suivre en file indienne sur les derniers mètres du trottoir étroit, pareils aux sept nains. C'est ce qui me donne envie de siffloter.

Hey ho, hey ho, on rentre du boulot.

Les autres reprennent en chœur, sauf Julien qui, je suppose, a le cœur trop serré pour le faire. Il sait probablement qu'Inès ou Imed seront peu compréhensifs.
Le conseil de guerre chez Imed et Caro va commencer… Il ne manque que Noa. Sinon, tout le monde est là.

- Elle termine d'écrire un chapitre de sa thèse et elle arrive, nous dit Berlu en se marrant.

Il faut préciser que Noa est inscrite en doctorat depuis maintenant six ou sept ans. L'école des hautes études en sciences sociales se montre bien tolérante à son égard, peut-être en raison de la portée novatrice et incommensurable de son sujet, quelque chose comme "Le cinéma, outil d'analyse sociologique des banlieues".
Bref, il s'agit presque d'une assemblée générale extraordinaire de notre petit groupe.
Inès demande à tout le monde de s'installer autour de

la table basse du salon. On est un peu serré, mais ça tient. Elle propose de présenter un état des lieux de la situation, à la lumière des évolutions récentes. Berlu l'interrompt :

- Ce sera long ? Dans ce cas, je vais nous servir à boire. Mais commencez sans moi, je reviens tout de suite.

Inès évoque d'abord la chute du Président Mouillefarine en soulignant que tous nos efforts des jours derniers n'ont pas été vains et que nous avons probablement une part de responsabilité dans la succession des événements. J'en veux pour preuve le piratage de notre site, poursuit-elle. Inès expose alors par le détail les intrusions régulières que subit désormais le site de l'élection 2.0.

Maxence se tourne vers Imed :

- On ne contrôle plus rien ? Tu n'as pas sécurisé la matrice ?
- Écoute vieux, dit Imed un peu vexé, un peu agacé, il ne s'agit pas de petits joueurs qui font ça. Pour trouver les codes de cryptage que j'avais mis en place, il faut du gros matériel et des petits génies. Si tu ajoutes qu'on est piraté depuis le black-out, on pourrait croire que les malins intrus savaient qu'ils profiteraient de la coupure du net pour nous attaquer. Crois-moi, j'avais pris des précautions, mais pas pour contrer des pirates de ce genre-là.
- Tu penses savoir qui a fait le coup ?

Inès reprend la parole pour en attribuer la responsabilité au camp Mouillefarine. Michel se met à tousser de manière forcée et finit par prendre la parole.

- Euh, je voudrais apporter quelques éclairages. L'autre jour, quand je vous ai dit qu'il y avait des risques de manipulations, de prendre des coups, vous m'avez répondu assez vivement et je m'en suis tenu là.
- Si tu permets, Michel, je crois que c'est à moi de leur dire, coupe Julien.

Les visages autour de la petite table du salon sont à la consternation, à la stupéfaction ou bien regardent ailleurs, comme Chloé, visiblement très gênée de voir Julien se torturer une nouvelle fois devant ses amis.
Julien raconte à tous ce qu'il nous a dit quelques minutes plus tôt, à Claire et moi. Quand il baisse la voix pour signifier qu'il a terminé, même Berlu ne trouve rien à dire pour rompre le silence. Sans le vouloir, Chloé a fait rentrer le loup dans la bergerie par l'entremise de Julien. Et mettre un coup tordu sur le dos de Chloé, ce n'est pas possible. Finalement, Michel reprend la parole :

- Julien, ta franchise t'honore. Il faut que je me débarrasse à mon tour de ce que j'ai sur la conscience.
Il y a quelques jours déjà, lorsque je suis rentré du Maroc, un vieux copain qui gravite autour de Jean Genteclique - le papa de Julien - m'a

contacté. Il voulait me voir le plus vite possible. Je l'ai rencontré le lendemain de son appel. J'avais dormi ici. Avec Berlu, on avait un peu abusé du Sancerre… Bref, mon ami de jeunesse m'a parlé de ce que vous aviez concocté : le projet de vote Internet pour une nouvelle élection présidentielle et la pétition pour la démission de Mouillefarine. Il m'a demandé ce que j'en pensais et quelques détails sur certains d'entre vous. Ensuite, il m'a proposé un "deal gagnant gagnant". Ce sont les mots qu'il a utilisé : "on médiatise votre opération en échange de quoi, d'ici quelques temps, votre campagne Internet servira notre candidat".

- Tu ne nous as pas vendu quand même ? s'exclame Caro, d'habitude beaucoup plus sur la réserve.

- Au moment, personne ne connaissait le site et personne non plus ne pouvait dire si Mouillefarine lâcherait le pouvoir. En regard de cela, s'accorder sur un échange de bons procédés avec le principal parti d'opposition ne m'a pas paru être un mauvais coup.

- Tu n'étais même pas à l'origine de notre site et tu ne nous as rien dit d'une décision aux répercussions aussi définitives. Tu te fous de notre gueule ! grogne alors Berlu, plus impliqué que jamais dans l'une de nos discussions.

- Non, répond Michel. Je comprends votre indignation mais attendez au moins que je termine. J'étais un peu hésitant, c'est vrai, de jouer avec quelque chose qui ne m'appartient pas. Genteclique m'a proposé de le rencontrer et

notre discussion a levé mes doutes. D'abord, il m'a confirmé que cela aiderait à destituer le Président Mouillefarine, ce qui n'était quand même pas une mince affaire. Ensuite, il m'a mis en contact avec deux SEO à la pointe de ce qui se fait actuellement, du moins en France.
- Des SEO ? Tu précises s'il te plaît ? demande Claire.
- Les *Search Engine Optimizer* s'occupent de vérifier le contenu d'un site Internet, de gérer sa structure et surtout d'augmenter son trafic. En quelques sortes, ils transforment ta vieille bagnole en voiture de sport, explique Imed. Après leur passage, un peu de bricolage de code informatique et un site Internet obscur peut être visité des milliers de fois, voire plus.
- Tu es donc en train de me dire que l'augmentation spectaculaire de visites sur notre site et du nombre de signataires de la pétition n'a rien à voir avec notre travail ? se désole Maxence en s'adressant à Michel.
- Pas tout à fait. Les petits génies de l'informatique qui s'agitaient incognito pour nous se sont appuyés sur une bonne base, celle que tu avais élaborée avec Imed et Ludo.
- Et maintenant ils nous piratent explose Inès avec une voix sèche qui ne peut masquer sa fureur.
- Probablement dit Michel, mais ce n'est pas de l'intrusion hostile…

Noa arrive à ce moment-là :

- Ben alors ? Depuis 10 minutes, je sonne en bas. Le voisin m'a ouvert. Qu'est-ce qui se passe ? Vous faites la gueule ou je me trompe ?

- On discute de la fermeture de notre site, reprend Inès à peine calmée.

- Inès, ne te mets pas dans cet état-là, balbutie Claire. Michel n'a pas terminé... et il faut qu'on discute ensemble de cela.

- Effectivement, en plus des deux SEO mis à notre service, Genteclique a également dépêché une attachée de presse à plein temps pour faire du battage médiatique, reprend Michel. Elle a décroché pas mal d'interviews, non ? Vous croyez qu'on est dans les journaux ou invité sur les plateaux télé parce qu'on a une bonne tête et pleins d'idées à l'intérieur ? Son travail a été remarquable et parfaitement maîtrisé avec une progression idéale, de la rubrique insolite du *Monde* jusqu'aux JT de Tf1, en prime time.

- Je me doutais bien que ce n'était pas très clair tout ça. Sacha Emona a eu un comportement un peu bizarre pour une journaliste pro avant l'interview.

- Ah, ça oui, Pierre ! C'était serré. Le directeur de la rédaction de la chaîne était d'accord pour t'interviewer mais Sacha Emona a bloqué un moment. On s'est pas mal engueulé. Au final, le directeur de la rédaction qui avait quelques dettes envers l'attachée de presse de Genteclique n'a pas laissé le choix à sa journaliste vedette : "Tu fais l'interview ou bien ce sera quelqu'un d'autre qui la fera à ta place..." Vous auriez vu la tête d'Emona, une furie.

- C'est pour ça qu'elle ne voulait pas de toi sur le plateau ? demande Claire.

- Entre autre oui, continue Michel. Maintenant, je voudrais vous dire que je comprends que vous n'approuviez pas ma manière de procéder. Il fallait aller vite, je voulais faire bien. D'ailleurs Julien, ton papa m'a promis d'intégrer plusieurs d'entre nous dans ses équipes ministérielles, s'il est élu. Pas moi bien sûr, je suis trop vieux…

Inès ne tient plus :

- Mais putain Michel, t'as rien compris ! On veut sortir d'un système qui pue et qui n'a plus rien de démocratique. Et toi, tu nous embringues dans une aventure où on est obligé de se moucher dans les jupons du successeur de Mouillefarine, pas foutu de marcher droit tout seul.

Noa continue :

- Inès a raison. Pour l'instant, il est dans l'opposition Jean Genteclique mais, excuse-moi Julien si je parle franchement de ton père, avec lui, visiblement, la magouille entre copains continue. Je n'ai pas du tout envie de soutenir ça. Ta planque dans un cabinet ministériel, je n'en veux pas et pour moi aussi, il n'y a plus qu'à fermer le site.

Imed semble désespéré de voir que les heures passées devant les écrans dernièrement pourraient s'envoler là, dans à peine quelques secondes :

- Est-ce qu'on ne peut pas attendre de voir les résultats du premier tour Internet, histoire de situer qui vient en tête. S'il s'agit de Genteclique, on baissera le pavillon.

- Tu organises un vote et si celui qui doit gagner ne te plaît pas, tu annules ? Très démocratique, rigole Berlu.

Les échanges sont virulents et les désaccords sur la démarche à suivre sont profonds. Michel est décomposé, conscient d'avoir agi de manière beaucoup trop individuelle, là où un projet de groupe se dessinait. Il ne pensait probablement pas déclencher tant d'irritation. Je dois reconnaître qu'avoir procédé de la sorte sans en parler est plus que maladroit. D'autant que j'ai la certitude qu'il a fait cela pour nous et vraiment pas pour lui. Plutôt que de nous laisser sur notre nuage idéaliste, Michel a préféré essayer de nous porter sur le vrai théâtre politique, au risque d'y perdre un peu son âme.

Je me décide à prendre la parole :

- Je crois que nous arrivons à un moment décisif. Je me souviens de notre consternation lors de l'élection de François de Mouillefarine. Jamais pendant son mandat je ne suis parvenu à voir en lui le Président de la République. Le soir même où nous avons appris sa maladie, sans exaltation cynique, nous nous sommes livrés à ce jeu des discours et bientôt, nous sommes partis sur cette aventure d'une élection présidentielle par Internet. Notre plaisanterie a rapidement pris une nouvelle tournure devant le succès médiatique de notre opération. Un remake collectif anonyme de l'ascension de Coluche en 1981 en quelques sortes. Merci Michel pour les sensations fortes. Cela nous a peut-être donné un peu la grosse tête. Il faut avouer que notre rapport à la politique a changé. Un fossé sépare le spectateur de l'acteur. Noa serait plus à même de nous parler de métaphores cinématographiques, mais je continue quand même.

- Ouais, abrège un peu Pierre le Philosophal, marmonne Berlu.

- Merci du compliment Berlu, je vais au but donc. Une nouvelle élection présidentielle se prépare. Avec ce que nous savons aujourd'hui grâce à Julien et Michel, nous devons décider si nous continuons à jouer un rôle, celui qu'on a bien voulu nous donner, d'agitateur et de faiseur de tendance sur le net. Nos belles idées ont pris un sérieux coup au passage... Mais faut-il ne rien faire parce qu'on ne peut pas tout faire ? je finis par ajouter.

- Donc on doit décider de la fermeture du site, coupe Inès brûlant d'impatience de prendre la parole.

- Je crois effectivement qu'on doit se positionner. Je voudrais dire à Michel que sans lui, nous n'aurions même pas eu cette possibilité. Et je voudrais dire à Chloé que son Julien doit l'aimer très fort pour avoir dévoilé quelques secrets de famille ainsi.

- Personnellement avance Imed, beaucoup moins soucieux de psychologie de groupe, je propose un vote à 3 options : on ferme le site immédiatement, on continue jusqu'au bout ou bien on attend la fin du premier tour et quel que soit le résultat, on boucle.

- Du tour de quelle élection tu parles ? rigole Noa, qui a l'air un peu perdue dans les débats.

- La vraie élection, maintenant, je m'en fous réplique Imed. Je veux juste encore m'amuser un peu avec mon joujou. Alors on vote ?

Claire prend à son tour la parole et propose que chacun exprime son opinion s'il le désire sur les trois alternatives relatives à l'élection Internet.

S'ensuivent de longues discussions pas très productives. User de la parole, voilà ce que tout cela m'inspire. Mais enfin, l'atmosphère pesante est retombée. Michel esquisse quelques sourires. Il me glisse un chaleureux "Merci Pierre pour tout à l'heure" auquel je ne trouve pas mieux à répondre que "j'ai juste dit ce que je pensais".

Le bruit des bouchons et des blagues douteuses de Berlu reprend le dessus. La frénésie politique qui avait envahit nos moments passés ensemble retombe.

Chapitre 25

Le verdict de notre assemblée générale est sans appel : pas d'autre solution que de fermer le site. Pour faire plaisir à Imed qui a abattu un travail colossal ces derniers jours, le site sera fermé à l'issue du premier tour, juste pour voir un peu ce que ça donne et si cela aurait fonctionné. Tout le monde a promis de ne pas ébruiter la décision. Michel un peu plus que les autres…

J'ai une tonne de copies d'histoire à corriger. Le temps est gris. Claire est en cours. Bonjour l'ennui.
Le téléphone sonne. Pas le mien, celui de Claire, elle l'a oublié. Appel masqué. Je décroche quand même.

    - Claire Letellier ? Jean Genteclique à l'appareil.
    - Euh, je suis son compagnon Pierre Saintrailles. Je peux lui transmettre un message de votre part ?
    - Bonjour Pierre. Je suis heureux de vous avoir au téléphone. Pour être bref, je souhaiterais rencontrer votre groupe pour apporter quelques éclaircissements et vous faire des propositions.
    - Vous vouliez parler à Claire ?
    - Oui, mais je pense que vous pouvez transmettre le message à vos amis. Que diriez-vous d'un rendez-vous demain ? Je vous laisse mes coordonnées.
    - Euh, je contacte les autres et je vous rappelle.
    - Au revoir Pierre et à demain.
    - Au revoir monsieur.

Un café me fera du bien. Je descends au bistrot du coin. Je meurs d'impatience de voir Claire. Tant qu'elle n'est pas là, je n'appelle personne. Je devrais peut-être me méfier mais la voix de Jean Genteclique m'a paru très chaleureuse. Il fait partie des rares hommes politiques que j'admire. Le verbe élégant, dans le débat d'idées plutôt que celui des images, il appartient à une catégorie à part. Gauche et droite réunies, j'en compte 4 ou 5 de cette trempe. Mon préféré est Dany le Rouge. Pas l'anarchiste mais l'acteur politique apaisé pour qui l'Europe n'est pas qu'un machin. Tiens ! Voilà Claire qui sort du métro.

- Claire ! Claire !
- Bonjour mon amour.
- Bonjour. Tu avais oublié ton téléphone. Jean Genteclique en personne a téléphoné.
- Quoi ? Tu as répondu j'espère !
- Oui. Il voulait parler à quelqu'un du groupe. Il veut nous rencontrer demain. Qu'est-ce que tu en penses ?
- Ouille. À part Michel, Maxence… et Chloé bien sûr, je prédis un terrain très hostile. Qu'est-ce qu'il veut ?
- Nous rencontrer et nous faire des propositions.
- Tiens donc. En toute simplicité ?
- Ça avait l'air honnête. Et puis, je ne lui ai rien promis, sauf de le dire à tous et qu'après, on le rappellerait.

Bras-dessus, bras-dessous, nous rentrons à l'appartement. Claire prend soin de téléphoner à chacun, d'expliquer l'intérêt de rencontrer Jean

Genteclique. Elle semble heureuse de cette nouvelle effervescence. Rien n'est plus beau pour moi que ce charmant visage.

- J'ai eu tout le monde sauf Inès et Noa. Je leur ai laissé un message. Rendez-vous à 18h. Il ne reste plus qu'à voir si Genteclique est disponible à ce moment-là. Pierre, tu veux bien le rappeler ?
- Je crois que tu devrais le faire. Après tout, il t'avait appelé sur ton portable.

Claire semble ravie de ma réponse mais un peu gênée à l'idée de lui parler. Je dis quelques mots très simples de réconfort pour qu'elle se lance. Elle compose le numéro en contemplant le lave-vaisselle, ami indispensable des repas à effectif variable. La conversation dure assez longtemps, largement ponctuée par les "Ah d'accord" de Claire.
Lorsqu'elle raccroche enfin, je l'écoute. En une seule conversation téléphonique, Jean Genteclique a initié chez elle un contentement inhabituel. Elle parle, parle… Claire termine son monologue par quelque chose du genre :

- … tu comprends, même sur ce qui touche au web il est pointu. Pour lui, il faut combler le retard conceptuel de la France qui laisse les États-Unis et la Chine modeler le cyberespace à leur image. Il compte sur nous pour initier une New deal du net. Il voudrait décloisonner et transposer dans le virtuel des considérations géopolitiques du monde réel pour qu'elles circulent au-delà des cercles habituels grâce aux réseaux sociaux, pour finalement impacter les manières de penser et d'agir. Génial ! Il viendra demain avec deux conseillers. Je suis impatiente !

Je lui réponds que moi aussi en me gardant bien de lui dire que si ce qu'il raconte est un fouillis aussi touffu que ce qu'elle vient d'énoncer, je m'enfuis en courant...

Chapitre 26

Interloqué. Stupéfait. Sidéré. Pantois. Peut-être même abasourdi. Pour l'instant, je suis muet. J'ai l'impression d'avoir assisté à un combat de politesse, un débat sans contradicteur, une mêlée sans poussée.
En moins de 15 minutes, Jean Genteclique a su mettre tout le monde d'accord autour de son projet. Si ce n'est Inès et un peu Claire, personne n'a opposé la moindre objection aux propositions du futur candidat à l'élection présidentielle.

Rentré, affalé sur le canapé devant un match de basket-ball, je mange les carrés de chocolat les uns après les autres, presque mécaniquement, en repassant les images de notre rencontre avec Jean Genteclique, qui n'a d'ailleurs vraiment pas le physique de Tony Parker.

Son intervention a été parfaite... D'abord, il s'est présenté.
Il maîtrise l'exercice avec brio, en insistant notamment sur son passé syndical étudiant. Juste ce qu'il faut pour faire vibrer la corde sensible de jeunes naïfs et enthousiastes que nous sommes. Il expose clairement son jeu de grand écart permanent entre des idées profondes et une réalité qui oblige souvent à les phagocyter. Un peu de jus amer en lieu et place d'un nectar sublime. Difficile de s'y habituer. Mais il s'agit de réalisme politique, continue-t-il.
Ensuite, il a précisé son projet et comment on pourrait s'y intégrer. Très simple. Une fois devenu le Président de la République, ce à quoi nous devrions

l'aider, il souhaite voir naître une nouvelle Constitution 2.0 pour la France, sur le modèle islandais. Notre groupe aurait la charge de faire élire 100 citoyens "ordinaires" qui disposeraient de 4 mois pour élaborer un projet constitutionnel. Mis en ligne sur Internet, celui-ci s'enrichirait des réactions de la population qui pourrait proposer des amendements.
Un sublime exercice de démocratie directe. La nouvelle constitution serait alors soumise au Parlement qui saisirait à nouveau l'avis du peuple, par référendum...

Claire est intervenue pour demander qui mènerait ce projet, car 100 personnes choisies comme cela ne peuvent guère élaborer un texte permettant à 70 millions de personnes de bien vivre ensemble.

- Ça ne s'improvise pas tout de même ! a-t-elle dit.

Genteclique lui a répondu calmement que le Conseil Constitutionnel encadrerait la démarche pas à pas pour que la nouvelle constitution de la VIe République soit prête un an après son élection, quitte à ce que cela l'oblige à mettre fin à son mandat présidentiel.
Le rôle de la Reinette ne serait donc plus d'amener les citoyens du net à choisir un Président mais de faciliter le processus d'élaboration d'une nouvelle constitution.
Inès a également rompu le discours parfaitement huilé de Genteclique :

- Je vois le genre de l'entreprise. Des types aux

ongles bien manucurés et aux costumes impeccables feront la synthèse des débats. Si nécessaire, la bourgeoisie éclairée éclairera le monde... Quelles sont les garanties que nous avons ?

- Des garanties ? a demandé Genteclique. Sur le processus, je vais vous en donner, c'est le point suivant, j'y viens. Quant à la réussite de cette entreprise un peu folle, nul ne pourrait honnêtement vous l'assurer. Mais je fais ce pari d'y parvenir, comme vous en avez fait un il y a quelques semaines en lançant votre élection 2.0.

- J'aimerais vous croire. J'aimerais, a marmonné Inès, moins véhémente qu'à l'accoutumé.

- Je veux donc terminer mon propos par un élément essentiel. Tous les membres de la Reinette, vous êtes 15 je crois, pouvez commencer dès demain un contrat de travail. J'ai créé une entreprise de support pour mon élection. Ce n'est pas un parti politique. Je veux m'appuyer sur les gens que l'on croise dans la rue et sur ceux que l'on rencontre sur les réseaux sociaux. J'ai besoin de gens connectés. J'ai besoin de sortir du système politique habituel qui se sert lui-même mais ne sert plus les gens pour qui il a été érigé.

- Bravo. Mais qu'est-ce qu'on gagne à vous rallier ? demande Claire, peut-être un peu naïvement.

- Tout. Pour certains d'entre vous, un emploi stable. Et pour tous qui avez la foi dans le changement politique, je pense pouvoir l'initier. N'allez pas croire que faire la révolution - car

c'en est une - se décrète en quelques soirées arrosées. Il faut de la méthode et des réseaux d'influence. Je les cultive depuis près de 30 ans.
- Pour les modalités d'embauche et le planning prévisionnel de nos actions concertées, mes deux collaborateurs, ceux aux ongles impeccables... se feront un plaisir de vous en dire plus. Je compte sur vous. Une réponse demain soir sera suffisante.
Mes amis à bientôt. Nous aurons l'occasion, je l'espère, de trinquer ensemble à la victoire.

Sur ces mots, Jean Genteclique esquive la guitare de Berlu posée par terre, pour offrir un large sourire à l'assemblée et se diriger vers la porte d'une démarche lente et assurée.
Maxence s'approche alors des deux assistants et leur demande quelques précisions. Surpris par leurs propos, il répète plusieurs fois :

- ... le salaire, ça compte le salaire, oui ça compte !

La rupture familiale de Maxence l'a entraîné dans un parcours professionnel chaotique. Destiné à reprendre l'étude de notaire de son père, il a stoppé net ses études pour suivre des cours d'agronomie, sa passion, dit-il. Du coup, il vivote de cdd en cdd, ballotté d'une collectivité territoriale de la banlieue parisienne à une autre, rarement affecté à des missions en rapport avec la formation qu'il essaie de poursuivre le soir. La galère.
La proposition de Genteclique l'emballe tout de suite.

Aucun temps de réflexion supplémentaire ni de discussion collective nécessaire. Sur la quinzaine que nous sommes, 3 ou 4 seulement ont un emploi stable. Les virulents potentiels à l'égard de Genteclique sont les plus aux abois financièrement. Rien ne peut donc s'opposer à l'alléchante proposition de l'habile politique.

Finalement, Berlu, Michel, Chloé, Claire et moi résistons aux sirènes de la promesse d'embauche. Tous les autres signent derrière Maxence, Inès en tête, avec un grand sourire pour les deux costumés de la soirée. Ludo parce qu'il ne veut pas gonfler des ballons toute sa vie. Noa en raison de ses difficultés à finir sa thèse... Pas possible de jeter la pierre à qui que ce soit. Et puis, l'investissement de Genteclique est un témoignage de confiance dans notre efficacité ou notre intelligence. Nous voilà flattés. Mais serviles.

Je suis un peu amer, comme dépossédé, avec l'impression qu'un océan de communicants va effacer en quelques jours notre fière initiative d'élection 2.0.

Je crois que Claire fait aussi un peu la tête depuis que nous sommes rentrés. Peut-être ressent-elle la même désillusion.

- Pourquoi n'ont-ils pas fait appel directement aux activistes du net comme ceux d'Anonymous ou du Mouvement des Progressistes ? me dit Claire de la salle de bain d'où elle ne semble pas vouloir sortir ce soir.

- Probablement parce qu'on les achète plus difficilement. Tu as vu en combien de minutes notre groupe a vendu son âme ? je lui réponds. Et puis, nous sommes facilement identifiables...

- Pierre, pourquoi n'as-tu rien dit tout à l'heure ? poursuit ma belle avec son accent toulousain chantant. Je pensais que tu aurais des objections à formuler.

- Parce que la cause était entendue et que je n'ai rien à opposer à la décision des autres.

Claire rentre enfin dans la pièce revêtue d'un peignoir de bain :

- Rien à opposer ? Et ton discours le premier jour, et tes idées, et ton engagement ? Tu t'es endormi.

- Pas toi ?

- Je veux faire du journalisme. Pas changer le monde, *mi amore*.

- Tu aurais quand même pu dire quelque chose.

- Pierre, j'ai essayé mais personne n'a suivi. J'ai tenté une question ingénue pour voir. Je pensais que peut-être tu continuerais.

- Désolé de te décevoir. J'étais un peu accablé et en même temps, peut-être séduit. Sur le coup, je crois que j'ai eu un sentiment partagé qui m'a rendu silencieux. Mais maintenant, j'enrage. Le laisser faire...

- Trop tard mon loulou. Adieu l'aventure collective de la Reinette. Tous pour Genteclique !

- Carrés de chocolat ?

- Oui Pierre, double dose.

Chapitre 27

Voilà désormais près d'un mois que le scrutin Internet du premier tour de notre élection 2.0 a eu lieu.

Devinez qui est arrivé en tête ? Jean Genteclique. Il a recueilli plus de 300000 votes sur le million exprimé.

Le deuxième a récolté moins de 100000 voix...

Ce résultat appelle plusieurs commentaires.

Le premier concerne le nombre de votants. Alors que la pétition a atteint 5 millions de signatures, ce chiffre d'un million, certes inespéré au début de notre entreprise, est décevant. Les gens ont peut-être compris que l'esprit de l'élection s'en était allé ailleurs. Quelques lignes assassines des Anonymous bien placées sur la toile ont suffi à alerter. C'est sûrement mieux ainsi.

Le deuxième enseignement de ce scrutin est que le vote électronique ne présente pas beaucoup de garanties contre la triche. Voilà une fausse bonne idée que de vouloir renforcer la démocratie directe en passant par le net. Aucun d'entre nous n'avait perçu ce risque.

Je vous ai dit que je suis arrivé troisième du scrutin avec presque 64000 votes ? Bah... La conclusion est donc que mes élèves m'aiment bien !

La vraie élection peut maintenant avoir lieu, dans 3 jours. Après de nombreux avatars, la date du premier tour a été fixée au dimanche 5 décembre. Il faut remonter aux élections de 1965, qui avaient vu la victoire de Charles de Gaulle, pour assister à un scrutin présidentiel en fin d'année. Les autres se sont toujours tenues en mai ou juin.

Le résultat semble acquis d'avance. La cacophonie du camp Mouillefarine pour sa succession a battu son plein. Les candidatures pléthoriques, dont celle de l'horripilante femme du Président, ont lassé l'opinion. Sans avoir à convaincre, Jean Genteclique apparaît comme l'homme providentiel ou du moins inévitable. La seule bonne nouvelle est que le Parti progressiste devrait parvenir au second tour des législatives qui vont suivre dans pas mal de circonscriptions. Un peu d'air frais face aux partis traditionnels ou des extrêmes, tous atteints de sclérose.

Claire et moi avons pris pas mal de recul dans notre investissement pour la Reinette, nouvelle machine de guerre au service de la campagne Internet de Genteclique.

Mes sentiments à l'égard du futur Président sont partagés. Je me souviens de ces paroles de Pablo Picasso entendues un jour, qui disaient que "certains peintres font du soleil un point jaune, d'autres l'inverse". Sur le coup, j'avais trouvé que la phrase sonnait bien sans vraiment chercher à la comprendre. Maintenant, elle me paraît évidente. Notre aventure était comme ce point jaune en train de devenir le soleil. Le réalisme politique de Genteclique a réduit nos espoirs à ce point jaune... Retour à la case départ. Maxence a essayé à plusieurs reprises de me convaincre de la hauteur de vue de Genteclique, de ses talents. Compte-tenu du discrédit des autres candidats, il n'a pas eu de mal à me démontrer qu'il s'agissait du seul choix possible. Mais, le goût amer reste. Je ne crois pas que les citoyens pourront se lever le matin en se disant qu'ils ont en main les clefs de leur avenir. Je ne crois plus au miracle démocratique. Je me sens fatigué quand j'entends parler de politique. Rassurez-vous, je ne déprime pas du tout. Mes centres d'intérêts se déplacent. C'est tout.

- Pierre ! Pierre ? T'es où ? Téléphone pour toi.
- Merci Claire. C'est qui ?
- Je ne sais pas, me dit-elle tout bas en me passant le combiné.
- Pierre Saintrailles ? Monsieur Marso à l'appareil.
- Euh, oui…
- C'est du off pour l'instant mais le résultat est certain, je le tiens du président de jury lui-même. Vous êtes reçu à l'ENA. Félicitations. À bientôt. Fêtez dignement l'événement. On se voit le 3 janvier à Strasbourg car je ne serai pas là pour vous accueillir dans les locaux parisiens après-demain.

Claire me regarde, inquiète. Elle lit sur mon visage un événement inattendu dont elle ne sait s'il faut en rire ou en pleurer.

- C'était Jacques Marso. J'hallucine. Mon modèle. Je l'ai eu quelques fois en cours à sciences Po. Il est génial. Il m'a fait passer une simulation du grand oral la veille du début des épreuves. Tu te souviens ?

- Oui, qu'est-ce qu'il te voulait ?

- Jacques Marso ! Jacques Marso ! Mais comment a-t-il eu mon numéro ?

- Pierre, tu lui avais donné pour prendre rendez-vous avant cet oral dont tu viens de parler, tu ne t'en rappelles pas ?

- Ah oui, c'est vrai.

- Hé ? Qu'est-ce qu'il te voulait ?

- Je suis reçu à l'ENA.

- Non pas possible ! Ouais ! Génial ! Faut du champagne ! Appelle tes parents ! Ah ce que je suis fière de toi.

- Merci mon amour.

- T'es pas content ?

- Oh si, si. Je me demande juste si c'est vraiment fait pour moi ce truc. Mais de toutes les manières, les occasions de boire le champagne ne doivent jamais être laissées pour compte... Enfin, j'appelle mes parents, après, je vais acheter à boire et on ouvre l'appart aux copains et à la famille. Les résultats officiels sont publiés dans quelques minutes. On va quand même attendre de vérifier. Et ensuite, on s'enflammera !

- Tu me rassures. Je croyais que ce n'était pas une bonne nouvelle, me dit Claire en m'interrogeant encore du regard.

Chapitre 28

Je suis reçu ! Le sentiment est plaisant. Je me sens flotter au-dessus du droit public, des sciences politiques et de la note de synthèse. Du prof d'histoire merdique de banlieue me voilà hissé au panthéon de la fierté familiale. Le changement se dessine, maintenant… Du moins pour moi.

Nous fêtons dignement l'événement. L'appartement est plein à craquer. Ma famille, mes amis, mes voisins. Ah oui, quand on fait ce genre de soirée, il faut inviter les voisins. Souvent, ils sont sympas (mais pas toujours) et en plus, on évite les plaintes pour tapage nocturne.
Comme dirait Michel, il y a pas mal de viande saoule en fin de soirée mais parfois, l'ivresse est nécessaire. Berlu excelle véritablement dans ce domaine. D'ailleurs, il dort dans notre placard à chaussures, guitare sous la tête, juste les jambes qui dépassent dans le couloir. Il avait composé quelques chansons très chouettes en vue de la soirée. Il nous a aussi fait découvrir son nouveau répertoire de musicien officiel des bons petits amis de Genteclique. Qui a dit que la musique n'avait ni dieu ni maître ? Enfin, au moins, son art est accessible sur le net. Avec Cyberlu pour nom de scène, plusieurs de ses chansons ont dépassé les 100000 visites sur ioutube. Pas mal pour un beginner (oui, un bon communicant doit savoir placer quelques anglicismes dans sa logorrhée et en tant que nouvel élu de l'énarchie, je dois m'y mettre tout de suite).

Même Jean Genteclique m'a appelé pour me féliciter et reconduire sa proposition :

- Que penseriez-vous d'être mon consultant spécial administration 2.0 maintenant que vous êtes de la maison ? Vous savez, on est très mal payé quand on est élève à l'ENA. Pas mieux qu'un prof débutant. Vous pourriez arrondir facilement vos fins de mois. Rejoignez-nous, vous y trouverez votre compte et moi aussi.

J'ai décliné son offre en lui assurant mon soutien entier... Ça ne coûte rien de flatter un peu.
Après la séquence musicale de Berlu, Inès a tenu à prononcer un discours pour me féliciter. L'émotion de sa voix m'a fait chaud au cœur. Les gens sincères sont trop rares et c'est fou comme ils font plaisir à entendre. Le ton était plutôt à l'éloge funèbre mais Inès ne fait pas de théâtre. Rien que du naturel. À la fin, je l'ai embrassé chaleureusement. Elle en était presque gênée. Elle m'a dit tout bas :

- Tu sais Pierre, je n'ai pas la conscience tranquille. Quand j'ai accepté de travailler pour Genteclique, je n'avais même pas un loyer d'avance sur mon compte.
- Arrête Inès, tu n'as pas à te justifier. Je connais ton cœur et d'une manière ou d'une autre, il te fallait passer à autre chose. En plus, tu n'as jamais pu faire davantage bouger les choses que là où tu es maintenant.
- Justement...

Berlu décide qu'à ce moment-là je dois monter sur ses épaules, "pour que tout le monde voit la bête", beugle-t-il. Par bonheur, je parviens à éviter la poutre d'un geste agile de la tête... J'aurais pu être assommé, ce qui, finalement, serait revenu à peu près au même, si on considère l'état dans lequel je me trouve ce matin.

Je n'ai jamais compris ceux qui disent qu'ils ont mal aux cheveux. Mal à la tête, alors là oui.
Claire est allongée à côté de moi, calme, les deux mains en prière sous sa joue. Le pire moment pour qu'un téléphone se mette à sonner ? Le sien n'en a cure, retentissant de manière décuplée entre mes tempes. Claire tâtonne pour attraper et poser le dérangeant appareil sur l'oreille. Elle enchaîne les "oui" mécaniquement. Après une sorte de râle étonnant tant il se distingue du corps élégant qui l'a produit, elle jette le traversin sur sa tête en guise de signal à tout nouvel impétrant qui souhaiterait brusquer encore son réveil.
Quelques minutes passent ou peut-être une heure. D'un seul coup, elle relève sa tête en me regardant et me demande :

    - Pierre, tu rêves toujours d'aller dormir sur les dunes ?
    - Cette nuit, j'ai plutôt été piétiné par des troupeaux de dromadaires.
    - Le désert...
    - Mais si j'occulte mon mal de tête, je te réponds que oui, mon rêve est toujours par là-bas. Tu as le questionnement bien matinal, Claire.

- J'ai une proposition de stage avec embauche définitive dans la foulée, voilà pourquoi je te questionne.

- Je savais que tu étais géniale. Chez qui ?

- The National.

- Chez les yankees ? Tu vas dire oui ?

- Non. The National est le quotidien des Émirats Arabes Unis. Ils cherchent quelqu'un pour couvrir la rubrique culture d'Abu Dhabi et sa région.

- Tu vas dire non ?

- Qu'est-ce que tu en penses ?

- Enivrant. Aille ma tête. Je veux dire, Wouaw ! Belle opportunité.

- Une chose me fait hésiter

- Ah ?

- Toi.

- Comment ça ?

- Paris - Abu Dhabi, c'est 6 heures minimum d'avion. Aujourd'hui, je ne vois pas la vie sans toi. Tu comprends Pierre ?

- Bien sûr. Je dirais même que ça me rassure et surtout que c'est réciproque. Et si je me fais petite souris pour que tu m'emmènes dans ta poche ?

- Tu rentres à l'ENA en janvier. Tu as oublié ?

- Justement, avant que ça me donne mal à la tête, j'y ai bien réfléchi. Je ne crois pas que je vais donner suite.

- Ça ne se refuse pas.

- Mais tu sais comment ça marche. Faut aller à Strasbourg, ensuite 4 mois par-ci, 4 mois par-là, toujours sous pression.

- Tu le savais quand tu as passé le concours. Tu as fait tant d'efforts pour réussir. Je ne te comprends pas.

- Claire, j'ai passé des heures dans les livres. J'ai beaucoup étudié et cela m'a permis de réfléchir vraiment à ce que je veux faire. Ou du moins à ce que je ne veux pas faire... devenir administrateur de je ne sais quel service de la fonction publique. Très peu pour moi. Quant aux ors de la République et le costume cravate, tu connais mon attirance pour tout ça.

- Je ne sais pas trop que te dire.

- Dis-moi juste que tu comprends !

- Ta décision est définitive ? Ta résolution est un peu brutale, tu ne trouves pas Pierre ? Tu devrais en discuter autour de toi.

- Claire, la seule chose qui puisse encore me faire hésiter est le regard que tu portes sur mon choix.

- Tu risques d'avoir beaucoup de regrets, non ?

- Tiens, ça sonne. Qui cela peut-être ? Tu attends quelqu'un ?

Chapitre 29

- Michel ? Sauf à nous sortir du lit très matinalement, tu tombes bien, explique Claire sur le pas de la porte. Il faut que tu parles avec Pierre.
- Bonjour Claire. Je suis venu pour cela. Rien de grave au moins ?
- À toi de juger.

J'expose alors la situation :

- Claire a une proposition pour Abu Dhabi. Moi, je ne veux plus faire l'ENA.
- Bigre. Les deux sont liés ?

Je lui réponds que non. Enfin peut-être que non, mais surtout que là n'est pas le problème. Je précise à Michel les motifs de ma décision. Il m'écoute, sans jugement hâtif. Quand je pense avoir terminé et laisse retomber ma voix, Michel échappe un soupir, puis un deuxième, beaucoup plus profond. Le temps de la réflexion peut-être.

- Tu vois petit (je fais 20 cm de plus que lui mais Michel m'appelle toujours ainsi), je crois qu'il faut vraiment que tu t'interroges sur les raisons profondes de cette curieuse position que tu prends là. Est-ce la peur, l'ennui ou l'amour qui te font pousser sur le côté ?
- Euh...
- Attends ! Ne répond pas tout de suite. Laisse-moi juste te raconter quelque chose. Tu te

souviens de Sacha Emona, la papesse du 20h ?
Ce n'est pas la première fois que je la rencontrais
l'autre jour.

- Oui, tu nous as dit avoir préparé avec son
directeur de rédaction mon interview.

- Ma première rencontre remonte à plus de 40
ans.

- Ah bon ?

- Lorsque le Larzac était une terre
d'affrontement, elle est venue enquêter sur le
terrain. Elle avait déjà un tempérament de feu.
Impétueuse. Très belle aussi. Comment c'est
arrivé, je ne sais pas exactement mais nous avons
connu une idylle merveilleuse.

- Ah bon ?

- On s'est rencontré en 1973. Elle venait une ou
deux fois par mois pour suivre l'évolution des
événements. Moi, je vivais entre Millau et Pont-
de-Salars où j'avais ma famille... et des brebis à
élever.

- Pendant plusieurs années, nous nous sommes
aimés au rythme des rassemblements sur le
Larzac. En 1978, tout a basculé. Je suis monté à
Paris pour la première fois de ma vie. Pendant
trois jours, j'ai découvert la capitale avec Sacha
pour guide.

- Ah bon ?

- Je me souviens très bien de ces jours heureux.
Après une ballade à Montmartre, nous sommes
allés soutenir ces 18 paysans venus du pays à
pied. Plus de 700 km quand même ! Il soufflait
un vent de liberté, si tu savais. Et là, Sacha m'a
demandé de rester vivre avec elle à Paris. Elle

venait d'obtenir un poste à Radio France, née des cendres de l'ORTF. Elle ne devait plus venir en Province. Sa promotion était une sanction pour notre amour. J'ai quitté Paris pour ne revoir Sacha qu'il y a un mois... 40 ans après. Ah, il s'en est passé entre temps. Mais une chose est sûre, des regrets, j'en ai. J'en ai du matin au soir et du soir au matin.

Claire, qui n'a dit mot jusque-là, esquisse un geste pour se relever et attraper un peu de café. Je vois son visage d'une pâleur inhabituelle. Peut-être même une larme perle sur sa joue en neige.

- Pourquoi ne nous en as-tu jamais parlé ? je demande à Michel. Je croyais bien te connaître...
- Ça alors ! Tu me dis ça... reprend Michel. Aujourd'hui, je pense que les interrogations se tournent plutôt vers toi, non ? Pierre, je veux juste te dire que ta décision doit être pesée... Qu'est-ce qui mérite de mettre un terme à une très belle carrière alors qu'elle n'a pas commencé ?
Et puis, il y a la Reinette. Par l'intermédiaire de Maxence, j'ai gardé le contact avec le groupe et leur travail pour Genteclique. D'après lui, le projet n'a déjà plus d'âme. La Reinette s'est fait avaler comme une multinationale rachète quelques petites boutiques pour répandre son logo et se donner quelques allures folkloriques. Il faut que tu reprennes du service. Rien de bon ne sortira sans un sacré coup de barre. Nos amis sont prisonniers de leur engagement. Ils ne

peuvent plus infléchir quoi que ce soit et crois-moi, les promesses de Genteclique iront dans le grand cimetière de la langue de bois prévu à cet effet.

Au revoir refondation de la République... Dans 3 jours, il est Président. Après...

- Figure-toi Michel que j'ai beaucoup réfléchi. Je ne pense pas que les structures politiques et sociales de notre pays soient prêtes à de grands changements. Internet a été construit à l'image des gens de pouvoir, à l'image d'une société avide de supériorité des uns sur les autres. L'outil est beau mais le bricoleur est mauvais. Et l'engagement pour les autres ou le bien public ?

Entrer en politique aujourd'hui ne me paraît pas lié à des convictions mais plutôt à un choix de carrière. Je vais essayer d'éviter le formatage et l'opportunisme. J'éprouve comme un malaise face au mammouth oligarchique de France. Un jour peut-être, je changerai d'avis... Mais là, je n'ai pas du tout la tête à cela, mais alors pas du tout.

- Je comprends Pierre. Mais que vas-tu faire de tes années de Sciences po ? Quand tu peux enfin devenir acteur en rentrant dans le système, politique ou administratif, tu fuis ? Et toi Claire, tu fais tes bagages pour de bon ?

- Il faut encore qu'on en discute avec Pierre. Plusieurs hypothèses pourraient voir le jour...

Chapitre 30

Je n'aime pas vraiment l'avion. Je regarde ces nuages cotonneux quelque part à mille pieds au-dessus de la mer. Je cherche du regard comment couper cette climatisation qui m'assurera un torticolis durable.

Hasard surprenant, Gérard Allegro est assis à côté de moi. Bien sûr, il n'est plus ministre. Peut-être est-ce mon regard insistant qui déclenche la conversation.

- Si vous voulez le savoir, je suis bien l'ancien ministre honni de l'éducation.
- Euh...
- Mais si vous voulez vraiment savoir, je ne suis pas tout à fait qui vous croyez, poursuit-il.
- Je n'ai pas l'habitude de porter des jugements hâtifs...
- Non, bien sûr ! Comme tout le monde, continue Allegro. Ce qui s'est réellement passé ? Je vais vous le dire.

Nous disposons de temps puisqu'il faut un peu plus de 5 heures avant d'arriver. Monsieur Allegro, qui a l'air plus jeune qu'à la télévision, prend une voix de conteur :

- Sans vouloir rentrer dans les détails, sachez d'abord simplement que je ne suis même pas homosexuel. Les vidéos qui ont circulé partout étaient truquées et j'ai présenté ma démission de manière insistante quand j'étais ministre, ce qui m'a été refusé et valu de sérieuses menaces.

Mon air dubitatif l'impatiente. Il reprend le fil de ses explications. Après quelques minutes, je l'interromps :

- Et vos propos sur la nécessité de revenir à un système d'enseignement qui sépare les filles des garçons, ce n'était pas vous non plus ?
- Ma première erreur ! Nommé ministre, j'ai cru avoir des ailes... et j'en ai oublié de relire mes discours. Celui dont vous parlez ? Je n'ai fait que le prononcer en idiot et en public à partir de ce que m'avait écrit un soi-disant conseiller. Une fois les paroles énoncées, le retour en arrière était impossible. Je me suis fait piéger comme un débutant que j'étais dans ces nouvelles fonctions. Il est vraiment très difficile de tout contrôler à ce niveau. Malheureusement, je crois que je n'ai rien contrôlé...
- Mais pourquoi ne pas avoir apporté de démenti sur ça comme sur les affabulations dont vous avez été victime ?
- Vous avez en mémoire le dernier ministre qui s'est défendu d'accusations injustes à son encontre ? Il était coupable. Honteusement coupable. Tout le monde le sait. Alors maintenant, quand on n'est pas coupable, on a une seule possibilité : se taire. Désormais, vous ne pouvez lutter contre ceux qui veulent vous salir quand vous êtes aux responsabilités. Les armes sont inégales. La machine médiatique contre un homme seul.
La seule chose que j'ai pu faire a été de convaincre ma famille et mes proches que les

attaques étaient infondées. L'exercice a été difficile… Et puis, vous ne serez peut-être pas d'accord avec moi mais finalement, je pense avoir réussi à faire changer les mentalités. Le mariage des homosexuels et les droits afférents, vous admettrez que la société n'était pas prête il y a 5 ans. Eh bien, toutes ces affaires sur mon compte, elles ont permis de banaliser, de faire entrer dans le quotidien des gens, d'initier des débats sur le sujet. Sans en avoir l'intention, j'ai probablement pas mal fait avancer les choses. Pas là où je le pensais lorsque j'ai été nommé ministre, mais après tout, c'est pas si mal.

- On vous présentait comme quelqu'un de farouchement opposé à toute reconnaissance supplémentaire de droits aux...

- Vous faites trop confiance aux médias. Je vous ai dit que je ne suis pas homosexuel, je ne vous ai pas dit que j'ai quelque chose contre. Les gens font bien comme ils veulent, ça ne dérange personne, pas vrai ? Et il fallait bien mettre fin à ces situations ubuesques, ajoute-t-il avec une emphase ministérielle retrouvée.

- Mais quand même, la politique, ce n'est pas faire avancer les choses là où on veut le faire ? je demande poliment.

- Là où on vous dit de le faire plutôt...

- Mais le Président vous soutenait, non ?

- Le premier jour... Ensuite, l'histoire qui m'a été collée sur le dos lui permettait surtout d'envoyer la meute des journalistes sur d'autres pistes que celles de ses comptes à l'étranger...

Bon, je vous ennuie sûrement avec mes histoires.

Méfiez-vous de vos amis, surtout s'ils ont portes ouvertes sur les médias. Vous voyagez pour affaire ? Moi, j'entame de très longues vacances, loin du bruit des ministères. Allez, je vais prendre un somnifère. Bonne nuit.

Étrange bonhomme en contraste total avec son image médiatique. Étrange conversation aussi. Il m'a posé des questions, jamais attendu les réponses…

La scène politique n'est qu'un grand théâtre. Querelleurs, ambitieux et prétentieux raillent, jouent, feintent, mais ne touchent pas souvent à la fin de l'envoi...

Le peut-être brave ministre s'endort avec ses secrets.
Qui est-il vraiment ? Nul ne le sait.
Peut-on vraiment accéder au pouvoir dans ces jeux de dupes incessants tout en restant intègre, authentique et volontaire ? Ma courte expérience m'indique que non. Le pouvoir impose de violente transformation sur soi. Mais après tout, ce n'est pas une science exacte…

Chapitre 31

Jean Genteclique est le nouveau Président de la République.

Il a recueilli plus de 60% des suffrages. Une victoire aussi écrasante qu'historique.

Nous avons fêté l'événement. L'esprit de la Place de la Bastille s'est à nouveau manifesté ce soir-là. Malheureusement, il est bien vite rentré dans sa lampe merveilleuse. Les Français ne sont peut-être faits que pour les veilles de lendemains qui chantent. Après revient au galop le temps des déconfitures.

Imed et Caro ont senti le vent tourner les premiers. Ils ont perçu dès le lendemain de l'élection que Genteclique n'avait plus besoin d'eux et que ses propositions de nouvelle constitution n'étaient que chimères. Caro a remis ses baskets, son jeans et sa couette d'instit avec joie. Imed se donne le temps de la réflexion avant d'accepter un nouveau job...

La belle aventure a tourné court pour tous. Ludo fulmine car il doit reprendre ses tours de stade dans un bahut pourri... Curieusement, Maxence paraît le plus ébranlé. Inès, Ludo et Berlu s'étaient engagés derrière Genteclique sans vraiment croire à ses promesses. Ils ont été moins déçus. Mais pour Maxence, un réel espoir s'était levé, bien plus qu'avec notre projet d'élection présidentielle par le web. Un soir, dernièrement, il nous a donné rendez-vous à Claire, Michel et moi, dans un bar de la rue du

Faubourg Saint-Antoine. Maxence nous a rejoint dans un état d'excitation inhabituel pour lui :

- Je me suis vraiment fait piéger. Il nous a bien eus. Vous aviez raison...

Maxence, très remonté contre Genteclique, a continué :

- Vous vous souvenez qu'il est venu nous chercher ? Eh bien, devenu Président, il nous a oublié, enfin pas tout à fait. J'ai eu un coup de téléphone d'un de ses sbires qui m'a annoncé purement et simplement que mon contrat était caduc, que je pouvais rester chez moi, que mon travail était terminé. Ce matin, je suis donc allé au QG de campagne. Deux colosses avec leurs molosses m'ont barré le passage. Interdit, niet, finito ! Je suis écœuré. Genteclique nous a effacés.

- Oublie-le, lui et sa cour, propose doucement Michel. Tu sais, ces gens ne vivent pas dans le même monde que nous. Ils sont derrière leurs miradors, prêts à faire feu sur ceux qui voudraient leur part du gâteau. L'expérience de la Reinette était authentique. La suite, beaucoup moins. Mais tout cela a révélé que les forces vives existent sur le net tandis que nos gouvernants persistent à ne pas voir la façon dont le monde change. Il y aura des réveils brutaux.
- Je suis d'accord avec toi Michel. Nous avons fait erreur en pensant que la cyberdémocratie

passait par un vote Internet, ajoute Claire. Plaquer une méthode ancienne à un nouvel espace de rapports humains...

- Oui Claire, d'ailleurs, l'avenir n'est peut-être pas dans le suffrage, reprend Michel. En revanche, regarde comment les médias sociaux modifient la vitesse et la nature du débat démocratique. Regarde comment une émotion collective peut s'y catalyser. La production massive et collaborative d'informations par les internautes peut ensuite faire naître de nouveaux modèles culturels que les hommes politiques actuels ne saisissent pas. Ils courent derrière, conscients qu'une révolution est en marche, mais elle leur échappe inéluctablement car ils n'ont pas l'outillage mental pour s'en saisir. Genteclique a le mérite d'avoir senti les choses.

- Mouais, pas très convaincant ton bel espace démocratique virtuel, réagit Maxence. Pour l'instant, avec ses défauts, l'élection de parlementaires est la seule garantie d'un peu de représentation des aspirations des gens. Quant au nouveau Président, même si c'est le moins pire qui pouvait arriver, je suis quand même dégoûté. Pas plus de parole que les autres... Aussi altruiste que les précédents.

Vous aviez tout vu venir, n'est-ce-pas ?

- Peut-être en partie, répond Claire. Cela dit, nous pouvions facilement résister à l'appel de Genteclique parce que notre quotidien est relativement aisé. Ne croit pas qu'on vous a jeté la pierre parce que vous avez emboîté le pas de notre désormais glorieux Président.

- Maxence, je ne veux pas remuer le couteau dans la plaie, ajoute Michel en posant sa chope sur la table, mais j'ai essayé de vous prévenir. Même Imed a accueilli très froidement mes conseils de prudence. Pourtant, j'avais suffisamment d'éléments pour penser que le groupe était sous contrôle.

- Tu sais lire dans les boules de cristal ?

- Non Pierre, juste Sacha. Elle m'avait prévenu que le passage d'un membre de la Reinette sur son plateau, ça sentait la manipulation à plein nez. Genteclique et le patron de Tf1 sont de la même promotion de l'ENA. Le réseau fonctionne à plein. Genteclique t'a imposé sur le plateau du JT.

- Tu étais avec moi ce soir-là. Tu aurais pu me le dire Michel !

- Je l'ai su juste avant. J'ai eu quelques minutes pour réfléchir et la suite m'a donné raison.

- Comment ça ? demande Maxence, un peu déboussolé.

- La prestation de Pierre, bien aidé par Sacha, il faut le dire, a dépassé les attentes. Au-delà du net, beaucoup d'agitation a traversé les rédactions des grands journaux après l'émission. Les *spin doctors* de Genteclique se sont mis à trembler et lui ont conseillé d'endiguer la vague avant qu'elle ne devienne déferlante. Résultat : coupure du net.

- Seulement à cause de nous ? interroge Claire.

- D'après Sacha, oui.

- Mais tu parles tout le temps de Sacha, Sacha Emona ? Tu la connais si bien que ça ? demande Maxence étonné.

Moyennant une pinte de bière supplémentaire, Michel raconte à nouveau son idylle en nous révélant qu'elle a repris.

Je suis pensif. Maxence aussi. Le coup n'est pas passé très loin. Et si nous avions résisté collectivement aux sirènes de Genteclique et de son carnet de chèque ? Apparemment, je pense tout haut car Michel me répond.

- Il est bien difficile de savoir ce qui se serait passé. Peut-être que la voie vers un humanisme numérique était en train de s'ouvrir, dit-il en plaisantant.

- J'ai du mal à penser qu'une action comme la nôtre, quelques interventions ici et là, pas toujours organisées ni cohérentes, auraient pu entraîner des millions de gens.

- Grâce à Internet, tu avais trouvé un écho. Et parce qu'en affirmant tes idées à la télé, cet écho a pris du sens et un visage, une lame de fond était prête à surgir à la surface.

- Michel, avec ton expérience et ce que tu savais, tu aurais pu intervenir quand Genteclique a réussi à nous convaincre de le suivre.

- Pas cette fois Pierre, pas cette fois. Vous deviez reprendre la maîtrise de votre projet. Vous n'avez pas emprunté la route que j'aurai choisie. C'est tout.

- Et maintenant ? demande Maxence.

- Maintenant quoi ? dit Claire en haussant les épaules. Mouillefarine n'est plus là. Genteclique est probablement un peu moins pire. Notre aventure a pris fin. Que veux-tu de plus ?

Ludo passe sur le trottoir, casque de moto au poing. Claire lui fait signe de se joindre à nous. La discussion reprend. Je raconte que Claire s'en va pour les Émirats Arabes Unis en janvier pour terminer sa scolarité et plus, si affinités.

- Vous n'allez pas vous voir beaucoup entre toi à Tataouine et toi à Strasbourg, s'indigne Maxence.
- C'est plutôt moi qui vais à Tataouine ! se réjouit Michel. Enfin pas très loin, je pars en thalassothérapie pour un mois à Djerba, avant de rejoindre mon quartier général à Essaouira. Mais cette fois, je n'y vais pas seul. Un amour de jeunesse m'accompagne...
- Je suis ravi pour toi Michel. Mais comment va faire Sacha avec son travail ? dit doucement Claire.
- Elle va être débarquée. Je te rappelle qu'elle était assez hostile au coup de force de Genteclique. Et puis l'heure de la retraite a sonné pour elle aussi.

Ludo est intrigué par l'idylle entre Michel et Sacha Emona. Mais il est encore plus perplexe devant ma décision :

- T'es un triple con ! Quand je pense que je suis obligé de retourner m'occuper des gamins des autres à la rentrée et que toi, tu minaudes sur ta scolarité à l'ENA. T'as l'occasion de remuer ciel et terre, qu'est-ce que t'attends ?
- Je ne me déconnecte pas en partant à l'étranger. J'aurai une vision plus extérieure, plus lucide et

rien ne m'empêchera de jouer aux activistes...
- C'est ça. Continue à théoriser. Dans le vide. Au moins à l'ENA, tu pourrais rentrer dans le tas !
- Je ne crois pas que je serais davantage en mesure de résister aux forces du système une fois dedans. Je préfère garder les pieds dehors. Mais je comprends ce que tu veux dire. On verra. Et puis...
- Finalement, ta position est la plus égocentrique qui soit. Tu laisses tomber la bataille et tu vas te planquer peinard.
- Tu as peut-être raison. Je veux vivre près de la personne que j'aime... Politicien, définitivement non. Citoyen attentif du monde toujours. Le reste passe loin derrière…
Sinon, je reste persuadé qu'Internet a changé le pouvoir. C'en est terminé du système pyramidal. Les idées, le contrôle et les peurs ne viendront plus d'en haut. Instabilité garantie ! Les réseaux sociaux puiseront dans la base et les médias relayeront de plus en plus les discours et théories anonymes. Je serai là. Je participerai. Je n'en retirerai rien... Pas si individualiste que ça.

Claire cache autant qu'elle peut ses émotions. Insaisissables. On boit encore beaucoup ce soir-là. Berlu nous rejoint. Idéal pour refaire le monde.

C'était il y a un mois.

Épilogue

- Monsieur ? Une boisson fraîche ?
- Vous avez du jus de pomme ? C'est parfait.

Tout est parfait. Je me sens un peu comme Brad Pitt à Las Vegas, contemplant les jets d'eau du Bellagio à la fin d'*Ocean eleven*.

Une belle aventure collective s'achève de manière mitigée, mais mon trésor dort à côté de moi, sa tête sur mon épaule.
Claire s'est assoupie depuis que nous survolons le désert. Je regarde les sables à l'infini par le hublot. Ces milliards de petits grains d'éternité et de sagesse me confortent dans mon choix. Le journal qui a recruté Claire m'a également embauché comme photographe. Mon permis de séjour n'est même pas touristique !
Strasbourg attendra. Mon pied de nez peut paraître un peu difficile à comprendre. Quand elle a été informée de mon refus d'intégrer l'ENA, la présidente de jury m'a appelé pour savoir si je pouvais revenir sur ma décision. Elle s'est dite très surprise de mon choix car elle sentait en moi un fort potentiel pour une carrière administrative au plus haut niveau. Je lui ai répondu que c'était bien cela qui me faisait peur et que j'avais la certitude qu'une part de ma liberté disparaîtrait en suivant cette voie. Elle m'a prévenu que j'allais faire face à une sacrée traversée du désert. Elle était très sincère, presque maternelle. Je lui ai expliqué que j'étais conscient de ce que représentait ma fuite…

Je m'en vais voir un autre monde.

L'ancien ministre de l'éducation qui ronfle consciencieusement rêve-t-il de repos, de retour en politique ou de revanche ? Toujours est-il que ce monde qu'il incarne à mes yeux ne m'attire pas.

Notre aventure 2.0 m'a fait réfléchir. D'une société où tous les égoïsmes étaient permis, ne sommes-nous pas sur la voie de celle où tout est lié au regard des autres par l'intermédiaire des réseaux sociaux ? Pire encore…

Comment s'échapper ? Sûrement pas en acceptant de devenir ce que l'administration aura choisi pour moi, en intégrant la caste des dominants. Je n'ai pas de doutes sur mon choix et je n'aurai pas de regrets. Dans une bataille perdue d'avance contre le poids de la société, j'ai repoussé l'heure de ma défaite. Rien de plus. Claire a compris que mon sentiment de liberté était en jeu. Elle m'a dit qu'elle ne souhaitait rien de plus que je l'accompagne.

Abu Dhabi, curieux choix ? Entre ville de l'hyper modernité et terre par excellence de tous les conservatismes… Nous verrons bien ce qu'il adviendra de cette traversée du désert.

Pour l'instant, le décor qui défile sous mes yeux alimente mon plaisir. Je m'échappe du vieux continent bardé de son cynisme collectif.

Réveillée, Claire esquisse un sourire pour chuchoter :

- Regarde là-bas, la Burj Khalifa. C'est Dubaï, la tour la plus haute du monde. 828 mètres de verre et d'acier. Le 21e siècle ! Du désert aux grattes ciel... La tour de l'ambassade de France à Abu Dhabi est plus petite, mais pas tellement moins impressionnante. Nous y avons rendez-vous tout à l'heure : 35e étage... Et demain soir, nous irons dormir sur les dunes de Liwa.

Je m'imagine déjà, foulant la crête de la dune rougeâtre, prêt à basculer d'un côté ou de l'autre. Les vents ne tarderont pas à effacer la balafre hideuse laissée par mes pas sur le sable.

Pour retrouver les principaux personnages de Pamphlet 2.0 sur les réseaux sociaux, il suffit de les "googliser" :

Claire Letellier
Pierre Saintrailles
Inès Préceau
Caroline Brun
Imed Laribi
Michel Baraqueville
Chloé Gagneux
Julien Genteclique
Joseph Berlu
Maxence de Beauharnais
Noa Zimmermann
Ludovic Pablovski
Sacha Emona
Jean Genteclique
François de Mouillefarine
Pénélope Botosque
Gérard Allegro (nom d'emprunt)

Édition de l'An Zéro 2.0 - Toulouse - Année 2015.